HIGH CRIME AREA

高犯罪区域

[美]乔伊斯·卡罗尔·欧茨◎著

许晶◎译

High Crime Area
Tales of Darkness and Dread

新华出版社

图书在版编目（CIP）数据

高犯罪区域/（美）乔伊斯·卡罗尔·欧茨著；许晶译
北京：新华出版社，2016.6
书名原文：High Crime Area
ISBN 978－7－5166－2548－4

Ⅰ.①高… Ⅱ.①欧…②许… Ⅲ.①短篇小说—小说集—美国—现代 Ⅳ.①I712.45

中国版本图书馆CIP数据核字（2016）第117948号
著作权合同登记号：图字：01－2015－7703号

Copyright © 2014 by The Ontario Review，Inc.
Copyright licensed by the Mysterious Press，an imprint of Grove/Atlantic，Inc. arranged with Andrew Nurnberg Associates International Limited

中文简体专有出版权属新华出版社

高犯罪区域

作　　者：（美）乔伊斯·卡罗尔·欧茨		译　者：许　晶	
责任编辑：曾　曦		封面设计：图鸦文化	
责任印制：廖成华			
出版发行：新华出版社			
地　　址：北京石景山区京原路8号		邮　编：100040	
网　　址：http：//www.xinhuapub.com　http：//press.xinhuanet.com			
经　　销：新华书店			
购书热线：010－63077122		中国新闻书店购书热线：010－63072012	
照　　排：彩丰文化			
印　　刷：北京凯达印务有限公司			
成品尺寸：145mm×210mm　1/32			
印　　张：7.75		字　数：200千字	
版　　次：2016年8月第一版		印　次：2016年8月第一次印刷	
书　　号：ISBN 978－7－5166－2548－4			
定　　价：32.00元			

版权专有，侵权必究。如有质量问题，请与出版社联系调换：010－63077101

目 录

克雷格米纳疗养院……………………………………（1）

嗨了 ……………………………………………………（36）

癞蛤蟆小孩……………………………………………（68）

恶魔 ……………………………………………………（74）

罗蕾莱…………………………………………………（83）

拯救者…………………………………………………（96）

最后的文人……………………………………………（197）

高犯罪区域……………………………………………（217）

克雷格米纳疗养院

早班是清晨 6：30，这是我到尤克莱尔老年疗养院的时间，在这儿做护理员已有两个年头。大约在我到达的三十分钟后，有人发现了那位老修女已陈尸在自己的床上。

我实际像往常一样，因为怕迟到，总比上班时间早到几分钟，特别是在恶劣天气（那天早晨便如此：倾盆大雨，暗如黑夜，是一月份的第一个星期）。在当今的经济大环境下，工作其实不容易找。除去"调派"到伊拉克做医护人员的三年半，我一直生活在威斯康星州的欧依波瓦县，我是个勤勉认真的护理员，在疗养院有着不错的声誉。

假如我受到县医学检察官的询问，我会向他解释：陈尸在床——这是用词错误的陈述，因为当我进入 D 单元玛丽·阿弗瑟斯修女的房间时，我认为她还活着，可"发现"是：她已经死了，或很明显她没活着。我并没在床上"发现"一具"尸体"，我只是很惊讶玛丽·阿弗瑟斯修女不动了，也不呼吸了，头上像穆斯林教徒般围着块薄纱质地的布（像修女的面纱或头巾），所以我没能看清她的脸。

她不理我。即便如此，我也没"发现"是一具"尸体"——我认为一位上了年纪的女人很可能陷入一阵昏迷，那是件自然的事。

（因为死亡在像我们这样的老年疗养院很寻常——比较常见！最终，我们所有的病人都会死；E单元是我们疗养院的临终关怀房，但人们没想到D单元22号房间住户的死亡会这样快。）

在伊拉克的调派期间，我对"不对头"的事情形成了敏锐的直觉。不寻常的情况可能会出现——突然间——如同在梦魇里——一次爆炸可能炸掉你的腿，你必须要警惕——可是，始终警惕怎么可能？——不可能，因此，你培养出了一种第六感。

但当我敲完门——两遍后——我进了房间——很快我发现事情不对头，我后脖颈的汗毛竖了起来。屋里没开灯，玛丽·阿弗瑟斯修女还在床上——这不对头。因为在早班人员来之前，玛丽·阿弗瑟斯修女总是"起床了"，好像骄傲让她这样似的。这位修女是我们疗养院的老年人之一，却不接受自己上了年纪的事实，如果你表现出她是时，她会变得异常生气。

修女？——我用压低的，尊敬的声音喊了声。我一直很有礼貌地和玛丽·阿弗瑟斯修女讲话，因为错误的语音语调很容易使这位老女人不快。像一只热衷气味的猎犬，她热衷无中生有地寻出些嘲讽的味道。

不是个好兆头，玛丽·阿弗瑟斯修女还没醒。很奇怪，她床头的灯还没打开。

一股强烈的尿骚味弥漫在在玛丽·阿弗瑟斯修女的房间，这是出人意料的，因为这里的住户不是大小便失禁的人，她通常对清洁问题很挑剔。

当我打开她头顶的灯时，萤光灯泡闪了一会儿，像一只眨眨便睁开了的眼睛。

然而让人惊讶的是：我看见几英尺外的那位老修女平躺在床上，一动不动；头上缠着块窗帘似的薄纱样白布，看不清她的脸。在薄纱里，修女的眼睛闭着或是睁着——你看不清。

在睡眠中死亡，心脏猝停。

早上9点，当我们老年健康顾问医生到达疗养院时，显然这位年老的玛丽·阿弗瑟斯修女不像是陷入了昏迷，而是已经死了。那条头上缠的薄纱似的布已被第一个来到床边的护士不经意地摘掉，扔到了地板上。

我不是一名"医务人员"：我是一名"护理员"。在所有的医疗事宜中，护理员都要遵从医务人员的意见。我没有试图对玛丽

·阿弗瑟斯修女进行心脏复苏,也没有将她头上的布解开,那看上去没有系得很紧。据我所知,病人中风或心脏病发作后可能还活着。

一份合法的死亡声明只能由医生开据。

在我们这样的老年疗养院,死亡会突然降临,经常是一夜之间或一小时以内的事。心脏猝停,肺栓塞,中风——像被闪电击中一般。如果一位老年居民病得严重,比如患了肺炎或癌症,他或她会被转移到尤克莱尔总院做特殊治疗;我们大部分的居住者都有长期存在的健康问题,其中最顽固的就是年老。

对死亡这里有应对的措施,就是如果一个人"死了",疗养院会遵循一些法律程序。首先,要求我们这里的老年医学顾问签署一份死亡证明,再通知县里的验尸官。如果这个人的档案里纪录着他的直系亲属,那么他的一位或几位亲属会接到通知,这时医院会安排人员将尸体搬走并做埋葬。

对于这些,我一无所知,或是知之甚少——但我不经意间发现那位老修女死了,缺失遗嘱。

(缺失遗嘱:一个花哨的词,用来形容没有遗嘱的死亡。每听到缺失遗嘱这个词,一股恶心的感觉油然而生,它听上去让你想起睾丸这个词,在这个老年中心更糟糕的是睾丸癌,一想到这个就令人不悦。)

我与玛丽·阿弗瑟斯修女的下一次接触是在布鲁姆沃德尔医

生的检查之后，当时她的身上罩了副白布单。在另一个护理员的帮助下，我将她的尸体抬上一张轮床，尽量快速又不引人注目地推到中心地下室的停尸房——老天爷，作为一名老太太，她可真够沉的！

我忍不住偷瞄布单以下：玛丽·阿弗瑟斯修女的脸呈红色，带着斑，皮肤粗糙，你几乎不会认为那是一张女人的脸。她的睫毛稀少，眼睛紧闭，嘴和梭子鱼嘴一般宽，松垮地张得很大。

她是你认识的人，弗兰克斯？

不是。

在布鲁姆沃德尔医生看来，这位八十四岁的老太太毫无疑问死于睡眠中心脏猝停。她一直有心脏病：这是老毛病，只不过看上去没那么致命，种种迹象表明这是心力衰竭，而非中风，这种情况下，没有必要做尸体解剖了。

缠在修女头上的纱巾太薄了不可能造成窒息。这对于老年健康顾问医生来说稍微有些神秘——"怪异"——但在老年疗养院会有很多"怪异"的事发生，这里的病人可能精神和身体上都有病，因此这个薄纱似的布并不让人觉得奇怪，除了几个D单元的护理人员感到有些迷惑好奇——为什么那个女人会那样做？那是什么意思？

人们认为那块布是修女的物品，物品中有一部分保存在房间里的小衣橱里。布倒是像是块窗帘或窗帘的一部分——白色，细点瑞士布，有些脏，是一块廉价布料。

在睡梦中，她可能感到了迷惑，头上围了一块窗帘，想着那可能是修女的面纱！

可能她知道自己快死了，那是某种宗教意味的物品，像一个天主教徒向牧师坦白自己的罪恶——悔罪？

在D单元工作人员的眼中，玛丽·阿弗瑟斯修女可不是个受欢迎的人，当面护士们称她为修女，在她背后都叫她老尼姑。

然而，这个老尼姑曾掌管克雷格米纳孤儿院。

值得注意的是玛丽·阿弗瑟斯修女躺着床上没有了反应，是D单元的护理员弗朗西斯·高弗发现并立刻通知了护理人员。时间是：早上7:08。

估计玛丽·阿弗瑟斯修女是几个小时前去世的，布鲁姆沃德尔医生大致的估算是在凌晨三点至六点之间。根据尸体的温度，医生第一次检查后做出的判断是合理的，在缺少病理师的前提下。在凌晨的漆黑一片中，在黎明前的几个小时内，病人们很可能"离世"，那是死亡的时间。

今天有一例死亡，一位在我负责的单元里八十多岁高龄的老妇人，人们发现她死在自己的床上——他们认为她在睡梦中死了。

哦，弗朗西斯！那可真让人难过。我希望不是你发现的她。

当然不是，妈妈。不是我。

大多数清晨我们早班人员接班时，总会发现玛丽·阿弗瑟斯修女已完全醒了，坐在床边的椅子里，膝上盖着一付毯子，手中摊开一本弥撒，即使经历了近七十年的天主教弥撒仪式，你认为这位修女可能不需要一本真正的经书来做祈祷，但弥撒书依旧在；或者她坐在那儿，等待护理人员帮她坐进轮椅，手指上缠绕着一串木质的念珠。她的凝视总是空茫的直到你出现——像一只猛禽，茫然的眼睛很快会盯住目标。

如果你对她投去友好的微笑并打招呼——早晨好，修女。她会皱着眉头不回答，好像你打扰了她的祈祷或是某种私密而宝贵的思想神游。于是我学会了大多数时候对她什么也不说，在我看来这对其他病人很粗鲁的事，对玛丽·阿弗瑟斯修女来讲却是必要的。

玛丽·阿弗瑟斯修女是尤克莱尔居住者中，到病人食堂就餐的人员之一，她不需要工作人员将餐食送到房间，尽管送她去餐厅十分费力，有时相当吃力，其困难程度由她当时身体的疼痛状况决定，玛丽·阿弗瑟斯修女仍坚持去食堂就餐。

在她的前半生，即"退休"之前，作为神职人员的她曾是位显赫的人物——在超过二十年的时间里，担任克雷格米纳孤儿院的院长。那是一家天主教主办的孤儿院，距离尤克莱尔的东北部有十六英里，人数最多时孤儿超过三百名。

在餐厅里，玛丽·阿弗瑟斯修女会要求与其他几位老妇女坐在一桌，几位她可能认为是"朋友"的——其中两个像她一样，是克雷格米纳孤儿院慈善团体圣云先会①退休的修女。

你认为这些慈善修女会常提起她们在克雷格米纳孤儿院共度的时光，但她们除了评论食物，几乎不说话。像年老的姐妹们在几十年间见面次数太多，彼此开始讨厌对方，但仍凑在一起，不过是怕孤独罢了。

很难想象玛丽·阿弗瑟斯修女也容易感到孤独。

很少有亲属看望这些老修女，她们没有孩子——那是她们的错误。过了一定的年龄，年老的居住者就只有她们的（成年）子女来探望，如果她幸运的话，会有曾孙、曾孙女来看望。她们这代人中的同龄人要么已经去世了，要么也待在疗养院里。所以实际上没人来看这些老修女，她们和疗养院的其他天主教徒一起，一周去教堂参加一次弥撒。

她们的牧师也很老。现在没几个年轻人要当牧师，想进修道院的年轻女子就更少了。

虽然我不是个天主教徒，但我经常在小教堂的后面看弥撒。"卡罗弗神父"——（他知道所有修女的名字，这对他来说毫不费力）——在规定的时间内，以一种沙哑又做作的嗓音朗诵着弥

---

① Sisters of Charity of St. Vincent de Paul：由法国人 Vincent de Paul 创建的慈善团体，也称作圣味增爵·德保罗慈善会。

撒词——几乎不到三十分钟。以前的弥撒都是用拉丁文朗诵，在家中我看到的旧的祈祷书就是如此，那是苏格兰出版，而后被带到这个国家的。如今用英文做弥撒，听上去像给头脑简单的孩童们讲故事。

坐在教堂前排的老修女们尽量保持着清醒，即使玛丽·阿弗瑟斯修女，她们中头脑最灵光的一个，也会在熟悉的诵读中打瞌睡。当牧师做圣餐仪式时，老女人们坐在神坛的围栏旁，一看到一夸特那么大的白色小酥饼，就口舌生津了。我迅速将目光扭转开，那可不是幅好看的画面。

一次弥撒结束后，我推着玛丽·阿弗瑟斯修女送她回房间，轮椅卡在了地毯凸起的地方，玛丽·阿弗瑟斯修女在她的椅子上被撞了一下，于是朝我发起火来——笨手笨脚的！干活时小心点。

修女，对不起！

你故意那样做的，是不是？我了解你们这些人。

修女，我不是故意的，对不起。

你会后悔的！我要投诉你。

许多病人都威胁着要投诉我们，经常为了一些微不足道的小事。但我们受过培训，尽量不和她们争吵，并尽可能地礼貌地听从她们的意见。

你以为我不认识你。我认识你。

是的，修女。

"是的，修女"——（这个老女人用低沉沙哑的声音嘲笑着我）——我们等着瞧！

我没作声，心里有可能恨透了这个老女人，但我从没说什么再去刺激她。据说这位前克雷格米纳女修道院院长如今只能在护士们的照料下生活，她们需负责任地看护她年老的身体——糟糕的是她无亲无故，孑然一身，这惩罚已足够了。

可是一回到她的房间，玛丽·阿弗瑟斯修女向我上司投诉的兴趣通常消失了。她不是被打扰她的什么人或什么事分了神，就是已完全忘了弗朗西斯·高弗是谁，一个几乎没有任何价值的人。

她并不知道我的名字：真的不知道。别人能叫出我的名字弗朗西斯，而玛丽·阿弗瑟斯修女只会带着一脸的鄙夷说出一个字——你。

某种程度上，她认识一些医护人员的名字，认真说来，她还是认识布鲁姆沃德尔医生和护士长克莱尔·麦克奎恩的。

疗养院像医院一样分等级：最顶端是医生——"顾问"；然后依次是职业护理师，护士和护士助理，最后才是护理员——这些人都是疗养院工作人员。护理员是随时帮忙干粗活的，比如搬运病人，包括病人的尸体；更换床单，取走脏衣服，洗衣服；推餐车，取走进餐时产生的残渣；扫地擦地；将垃圾扔进外面的垃圾桶。(要细心处理垃圾:有一种是常规垃圾,另一种是"医用垃圾")我最初所受的培训是(十九岁时)在拉辛医疗中心的实习,并附带一周关于"约束与控制"方面的课程。

在尤克莱尔很少有暴躁的病人,但我还是做好充分准备随时去"约束与控制"病人。如果你需要强行将一位病人控制在地板上,那至少需要两名护理员。具体的是你要强制他肚子朝下趴着,一名护理员抓住两只胳膊,另外一名护理员按住双腿。多数时候病人都要进行一番挣扎——这种情况下即使虚弱的老年人都会上演一番激烈的挣扎,其中的危险就是挨踢。(如果你是新来的,你会被派去按腿。)在这样的场面里——看起来有些残忍——病人的后背相对自由,这样他可以呼吸,同时还要防止他伤害自己。

和警察不同,他们在约束和控制中允许"疼痛"这一项,医护人员却不允许制造"疼痛",而且如果病人受伤了,医护人员可能会受到法律的谴责。

即使我接受过培训,在约束和控制的过程中还是会有病人受伤,这种情况不仅发生在美国的疗养院,在伊拉克的医疗部队里也是如此。

这都不是我的错,可还是有人受伤。

护士们说着闲言碎语:玛丽·阿弗瑟斯修女没有近亲。

或者即使这位过世的女人有亲属的话，他们也是远亲，也不愿亲自跑来相认。

可能谁都不愿让自己和往日的克雷格米纳孤儿院院长有任何瓜葛，孤儿院已在1977年被欧依波瓦县卫生局和威斯康星州政府关停。

可在最近，克雷格米纳再次成为新闻头条，回归人们视野。

在她11月11号去世后的一周，欧依波瓦县的验尸官没和疗养院联系过，这样看来，布鲁姆沃德尔医生出具的死亡证明没有受到任何质疑。

那条薄纱似的"窗帘"布——一定是修女的"面纱"或"头巾"——已经从各种假设中消失了。玛丽·阿弗瑟斯修女所有的物品都已打包，并从22号房间中搬出来。一位新来的，也是一位老妇人搬了进来，一切都顺理成章。

但是，关于神秘"盖头"的话题在D单元继续升温。这对我来说很奇怪——（我这样讲过）——我像是以前唯一见过玛丽·阿弗瑟斯修女戴过几次那样"盖头"的人。某种布——可能是块毛巾——（我记得它不是白色）——不知为了什么，她拿了块面罩似的东西盖在头上。我当然没有问修女当时在做什么，她会被那种亲近冒犯到。

一天，我们年轻的顾问高戴医生问我关于头巾的事，因为他无意间听到了我们一些人的谈话。

你见过修女在头上戴过或是围过某种"布",弗朗西斯?那是什么时候,你能记得吗?

可能是几个星期以前,医生,也可能是两个月之前。

你多长时间见修女戴一次这种"布"?

可能一共三次,医生,我从没注意到这个,你知道有时候老年人会这样。

高戴医生笑了,他是我们工作人员中最年轻的顾问,毕业于明尼苏达州医学院。他有着巴基斯坦人的光亮皮肤和黑眼睛,思维很敏捷。他不是白人,这使一些老年病人和一些工作人员感到不舒服。可高戴医生带有一种强有力的亲和力,那双惊人的白眼睛和刀刃般犀利的笑容很快吸引你。在高戴医生和我之间忽然闪现出一种默契,好像那个老修女就在这个房间里,和我们待在一起,她很气愤又无能为力,轻蔑又委屈地瞪着我们,却不能斥责我们以作惩罚。

"怪异"是这个词,弗朗西斯,一个温和的词,因为你不愿说出精神错乱,疯狂或衰老——嗯?

高戴和我一起笑起来,但我还没天真到相信高戴医生和我会成为朋友,尽管我们年龄相同。

我告诉了高戴医生每次看见玛丽·阿弗瑟斯修女头上戴块"布"的情景,当然我没有品头论足过,我甚至没问她冷不冷,需不需要多余的毯子。玛丽·阿弗瑟斯修女也从不和我说话,也不和其他工作人员说。在我记忆里，每次我见她戴着"布"，她看上去都有些害羞或心烦的样子。出于礼貌，我总转过头去好像我没见到一样。

这是种奇怪的生活，是不是，弗朗西斯？——我是说，那些宗教律令——贫穷、贞洁、奉献、服从，这些都是修女们发誓要遵守的。

对这些话，我没作答。高戴医生茫然地说着话，好像一直在自言自语。

当然，可能我不了解天主教徒。你是天主教徒吗，弗朗西斯？

不，高戴医生，我不是。

你是个骄傲自大的年轻人。我要举报你。

我认识你。你绝对脱不了干系。

有两种类型的老年人：一类在行为上坚持认为自己并不老，好像他们现在的情况，比如不能走路，都是暂时的，他们中的一些人拖着脚慢慢地走，疼痛不已，但为了维持自尊还是靠着墙，或靠着椅背坚持着；另一类已经有所妥协，承认他们不是"百分百"健康的了，必须用拐棍，助行架或轮椅。（可能病人们认为轮椅不是"永久的"——但对工作人员来说轮椅总是更应急，更好用。)你会认为每一步都是暂时的,很快就会恢复到原来的状态,但常常事与愿违。

玛丽·阿弗瑟斯修女属于第二类人,她可能上了年纪但不是高龄的老年人,如果你对待她像老年人一样,她会忿恨不已。但她的听力和视力一样都受了损伤,她更愿意责怪你没说清楚或没大声说,也不怪自己。事实上,玛丽·阿弗瑟斯修女从没责怪过自己。

如果她将食物弄洒了,或是将东西弄掉了,恰巧你在一旁——那么,错误在你。一开始你会认为这是痴呆的前兆,后来才意识到,那就是这个女人的思维方式:责罚必须要摊派下去,但永远轮不到她。

和疗养院的大多数老妇人不同,玛丽·阿弗瑟斯修女并不虚弱,她身体肥胖,没有腰;皮肤坚韧粗糙,像皮革似的;眼睛距离很近,总透着怀疑;双腿很胖,尤其是大腿部分,有时穿的涤纶弹力裤都是紧绷的;她特有的表情是怒气冲冲的皱眉。

有时候,玛丽·阿弗瑟斯修女看样子对窗外的雨很厌烦,好像那是在故意惹她不高兴。而晴天时,我们会推着病人们到小院子里去。

一次,我把玛丽·阿弗瑟斯修女推到外面的小院去,又不得不离开去办事,等我赶回时天已下起了大雨,玛丽·阿弗瑟斯修女自己用双手滚动轮椅躲到一个遮蔽物下。

你故意这样做的！你在嘲笑我。

没有人相信玛丽·阿弗瑟斯修女在服毒药，毒药却是她的灵魂。

在尤克莱尔众所周知：在最近的几个月里，曾饱受争议并在1977年被州卫生局关停的克雷格米纳孤儿院再次见诸报端。

如今，对克雷格米纳的兴趣成为广泛调查天主教管理的慈善机构、医院和团体的部分原因，同时被曝光的还有大量的牧师性丑闻和天主教内部的相互勾结。当年的孤儿中，如今部分好战派自称克雷格米纳幸存者，一直在大主教米尔洛基的住所外抗议，要求当事人承认他们所指控的在克雷格米纳遭受的"普遍的忽视和虐待"。州立首席律师正考虑以谋杀罪起诉一些克雷格米纳的前员工，据当年的孤儿们声称，那些员工在二十世纪五十年代到六十年代间对克雷格米纳部分孤儿的死亡负有责任。

至少，幸存者们呼吁着经济补偿和来自天主教堂的公开道歉。

公开道歉！——我父亲苦笑了笑，地狱结冰时教堂才会道歉。

我父母亲的家人都是天主教徒——他们在二十世纪二十年代从格拉斯哥移民到威斯康星州。但不久，我父亲和他的哥哥丹尼斯就对教堂感到厌烦。在我的记忆中，填表时宗教一栏我总是写无。

人们认为苏格兰人都是新教徒——并非如此，在苏格兰有许多天主教徒。就在最近，由于恋童癖牧师丑闻的曝光和教堂方面的遮掩，苏格兰的天主教徒数量锐减，爱尔兰也是如此。

当涉及虐待和失职的指控首次指向克雷格米纳修女们时，主教区开始为慈善修女们辩护。教堂聘请的律师声称进行反控告。大主教，曾在克雷格米纳涉及最恶劣虐待时担任波士顿地区的主教，发布了一项公告：对孤儿院的"不够专业"感到遗憾，但宣告他的前任大主教（如今此人已离世，逃过了管理部门的任何指责）对该事件不负责任。有人向媒体透露，教堂方面的职员认为克雷格米纳的慈善修女在天主教会中并"不具代表性"；事实上，慈善团体圣云先会的慈善修女中只有一小部分与这次"不够专业"的行为有关，那些修女至今仍活着，并从教会中"退休"了。

在尤克莱尔老年疗养院，这样的话题通常不作讨论，至少不是公开讨论的。

病人之前的生活可不是我们关心的，除非他们愿意谈论，有时他们确实讲一些。对某些老人而言，让护理人员对自己过去的身份有所了解是很重要的。但对大多数老人来说，炫耀下祖孙们的照片或吹嘘下他们曾有的职业就够了。

玛丽·阿弗瑟斯修女，曾在尤克莱尔做过八年的员工，从不谈她之前在克雷格米纳做女修道院院长兼孤儿院院长的生活——这一点是肯定的。在我来尤克莱尔做护理员前的一段时间里，曾有联合调查员想采访疗养院的老修女们，尤其是玛丽·阿弗瑟斯修女，但教区聘请的律师回绝了他们，理由是修女们很久以前就退休了，并且身体欠佳。

1997年，随着积结了多年的丑闻曝光，修女所在机构的名字也通过法律手段由慈善团体圣云先会慈善修女变更为慈善团体圣云先会慈善女儿。

然而不仅在 D 单元，即使在疗养院的其他部分，都对克雷格米纳孤儿院中前女修道院院长的突然离世，感到持久的惊讶，好像工作人员不愿这么快就交出他们最臭名昭著的居住者似的。

也许（一些人这样说）玛丽·阿弗瑟斯修女的死含有自愿的成分。

因为没有验尸官，你可以猜测这样的事，好像并不容易否认。

（布鲁姆沃德尔医生知道什么？关注什么？这位尤克莱尔老年医学顾问的工作时间是最少的，如果不能再缩减了的话。）

不管怎样，她停止了呼吸。她的心脏停止了跳动。

那块薄纱似的脏"面纱"或"头巾"缠在她的头上,掩盖着她的脸,一定是故意的——不是吗?

也许,玛丽·阿弗瑟斯修女感到了悔意,对那些她曾折磨过的,并让他们死于疾病的孩子们。

也许,玛丽·阿弗瑟斯修女的死是一种悔罪。

使自己从痛苦中解脱出来?

各种猜测弥漫在我周围,可我一直忙于工作——推手推车、轮床、轮椅——扫地,拖地,给厕所消毒,将垃圾拖到后面的大垃圾桶里——以致无暇分心。

二十六岁时,作为一名美军下士,我从部队光荣退役,距离今年一月已有四个年头。

由于此前接受过训练,我被分配到部队的医疗组。工作是累人的,同时也是激动人心的,因为一切无法预知。你经常会想上帝仁慈,这次也可能是我。这使你感到卑微和感恩,这是一种永远都不会消失的感觉。第一次有士兵在我怀里死去让我震惊,接连几个星期我都无法提及此事,我从没对任何人谈起过这件事,甚至自己的父亲。我在想这就是所说的?死亡?这么容易?

你会明白,你会直接地感受到没有任何东西和生命一样珍贵。当一些人轻贱或践踏他人的生命时,一种愤怒和恶心的感觉会在你的心底升起。

在我们成长期间,父亲从未提及他自己童年,我只知道他有个弟弟——可能曾是我的一个叔叔——孩童时就死了。其他的,我一无所知。

任何有关过去的都被禁止提及,我们没去问,也没想去问。母亲警告过我们——你们的父亲不是一个怀旧的人,那有可能是件好事。

弗朗西斯!这周末回家,丹尼斯和我都想和你聊聊。

一月初,一个周日的夜晚,那时玛丽·阿弗瑟斯修女还没有在她的睡梦中死去。

我从没听过父亲用这么急促的语气和我说话,甚至当年我动身去伊拉克时也不曾有过。

父亲和叔叔丹尼斯带我来到他们最喜欢的拉姆符号酒吧,避开前面高分贝的电视噪音,来到后面的一间小屋里。我们弓着背围坐在一起,胳膊肘拄在满是划痕的桌子上。父亲和丹尼斯叔叔在桌子的一边,我在另一边。

我不断地感到不自在,与父亲和叔叔这样亲密的感觉不对劲儿。

他们用愤怒而低沉的声音向我吐露了一个长期隐瞒,无人知晓的秘密:甚至没有对妈讲过,也没有对丹尼斯的妻子,我的婶婶讲过。如今的家庭成员中没人知道,而那些知道的也已过世,带着那个秘密，耻辱地死去了。

当时的情形是这样的：我父亲讲，我叔叔打断做补充；然后父亲又打断叔叔的话接着说，之后叔叔也是。两人满脸的羞耻和愤怒，都不习惯低声说话，看样子当地报纸上的报道触动了他们在克雷格米纳的回忆。电视上播出了对孤儿院的"幸存者"的采访，但为保护他们的身份脸部被模糊化处理了。一天晚上丹尼斯看当地电台播出的这些采访时，给父亲打了电话——耶稣上帝啊，我想我认出了那是谁，你也一定认得出。

很小的时候，丹尼斯、道格拉斯还有他们的弟弟帕特里克就被托付给了克雷格米纳孤儿院照料。他们的父亲三十三岁时在圣·克罗克思采石场的一场事故中过世了。他们的母亲，生下帕特里克时只有二十六岁，精神崩溃了，根本照顾不了自己和儿子们；她开始酗酒，给儿子们吃药片"让他们不哭"。1951年她因药物过量去世了。一天叔叔把他们接走送进了孤儿院，说那时的他们"无处可去"——但很快他会再来接走他们，也许是几个月，可以赶上过圣诞节，他向他们保证。

那是1951年的圣诞节！而当他们1957年圣诞节离开克雷格米纳时，他们的弟弟帕特里克已经死了。

男人们直白而气愤地对我说：去他妈的那些关于修女的笑话，笨蛋的电视节目，电视上修女被弄成搞笑的形象，可生活中这些女人一点都不可笑，她们像纳粹分子一样——听从上级的命令，女修道院院长下达指令，她们完成。她们中有些人像野兽，脑子坏掉了，你会想修道院曾对她们做过什么，她们身上有一种疯狂——你能在她们的眼中看到，那些眼睛四处巡视，寻找着任何的不服从。女修道院院长是最残忍的，你可以看出她很聪明，但这种聪明全都变成了仇恨与恶毒。

这些修女们是那样卑躬屈膝，像所有在教堂里遇到他们上司的人！普通的修女对她们的上级卑躬屈膝，女修道院院长对主教卑躬屈膝，主教对大主教，大主教对红衣大主教，红衣大主教对教皇——一个巨大的阶梯，你会想踩着这个阶梯到天父上帝那儿。

多年以后，你回想时会觉得很奇怪，克雷格米纳孤儿院竟由这些人"管理"。以当今的标准来看，其中的任何一个修女都有资质做那样的工作吗？主管——这个名为玛丽·阿弗瑟斯的修女——在那样的管理中接受过任何培训吗？"护士－修女"是受过培训的护士吗？"教师－修女"是受过培训的教师吗？任何一位修女都受过高中以上的教育吗？（换言之，教会高中都是由修女们教授的。）很可能，克雷格米纳的慈善姐妹中的许多人连初中都没毕业。

我父亲他们兄弟俩曾发誓保护好帕特里克，他当时很小，总容易受惊吓。但来到克雷格米纳，兄弟们立刻被分开，依照各自年龄被分配到不同的寝室睡觉。

孤儿院太拥挤，又冷又脏，经常两个孩子挤一张小窄床。你——经常——被命令着穿过带有高高天花板的走廊，从一个地方去另一个地方。这里有吃饭时间——上课时间——祈祷时间——就寝时间，也有"户外时间"——但不规律，而且很短。不允许说话，除非在特定的时间，于是你不敢提高声音，笑声很少见，很可能是个错误，连咳嗽时间稍长些都是错。修女们像嗅觉灵敏的猎犬，对最轻微的触犯规则都相当警觉。她们可以从挤在一屋子里的孩子中发现一个蠕动身子的坏孩子。

最让修女们抓狂的是尿床。孩子们一宿会被叫醒几次检查自己的床。尿床的孩子被挑出来痛打，即使是两三岁的孩子。尿了床的孩子被迫将尿湿的床单围在自己身上，在冷风中站几个小时，直到坚持不住倒下。如果连饭也吃不了，就接着惩罚，修女们拿着喂食管强迫喂饭。

"规训"与"惩罚"分为几个级别。其中之一是"管控"——将孩子的手臂用毛巾捆绑上，紧紧地打上结，像穿紧身背心一样，这样阻断血液循环，很可能形成肿胀，非常疼。孩子可能被绑起来，身上泼上水，捆绑物随着时间慢慢变干，缩小。（道格拉斯和丹尼斯都经受过，还不止一次。直到今天，两个男人还记着在他们的关节和肌肉中会毫无征兆地，像被闪电击中般疼痛。）修女们用皮带抽打，用拨火棍敲打，掌掴，拳打，脚踢。用报纸卷敲头——这竟出奇的疼。长着杂色眼睛，身材斜梧的玛丽·阿伽沙用拖布杆揍人。她们把帕特里克关在壁橱里,说他是"小魔鬼"整天又咳又喘,"存心"不让其他孩子睡觉。

我们都挨过打,被迫吃过糟糕的食物,住在满是蟑螂、臭虫、虱子的床上,没人他妈的在意这些!克雷格米纳的邻居一定知道些——什么事情,教堂的官员也一定知道,这么多年!慈善姐妹不可能一开始就那么粗俗而残忍。年轻些的修女——她们几乎还是孩子——一定感到震惊和恐惧,刚进入修道院就被送到克雷格米纳,但在那里,她们变成粗俗而残忍的女人。"上帝的新娘"——真是个笑话!修女的使命是奉献的使命——向穷苦人奉献。圣·阿弗瑟斯是他们的赞助圣徒之一——他在罗马的贫民窟建立了为穷人服务的团体,他们发誓要一生奉献——独身,贫苦,服务,服从。问题是修女们并没有发誓爱她们的服务对象,只是利用这些人去服务上帝罢了,很快她们开始憎恨和鄙视她们的服务对象。人很难去憎恨和鄙视小孩子,但克雷格米纳的修女们却在憎恨和鄙视。她们很容易生气,暴怒。她们大喊大叫,用脚踢,用棍子打我们。教师—修女用教鞭打我们,还常把黑板上的地图撕掉,发怒时,她们扔粉笔头打我们,我们怕得要命,她们把我们打倒在地,她们将我们锁在小屋里——关"禁闭"——没有吃的,被迫躺在自己的屎尿上。我们不知道自己做错了什么,有一种罪叫"无礼"——"傲慢",一次和我同桌的一个十岁的小姑娘被老师打了脸,鼻血横流,连衣服都被血浸透了,她被强制着脱去自己的衣服，赤身站着，用清洁剂洗自己的脏衣服。我们的双手被漂白剂，碱液烧得生疼，皮肤磨得通红，动不动就流血。我们在厨房干活，准备那些长满蛆的食物，饭后还要用滚烫的水刷盘子，只能用少量而劣质的肥皂，几乎洗不出泡沫，一切都带着一薄层的油脂，永远都刷不掉。我们在洗衣房干活，在臭气熏天的厕所里刷马桶，擦地。我们打扫修女们的房间和她们臭烘烘的卫生间和洗澡室，她们脏兮兮的浴盆和马桶。我们像地勤工作人员那样卖命地干：拖垃圾，剪满是石头的草坪。丹尼斯跑过一次，两次——数不清多少次！——可总是被县当局带回，有时被打得伤痕累累，因为他"拒捕"。道格拉斯逃跑过一次，被警车带回孤儿院，像个被俘的罪犯。

我们都以为会像帕特里克一样，死在克雷格米纳孤儿院，如同所有其他的孩子一样，我们失去了所有离开的希望。我们不得不跪在光秃秃的地板上祈祷——祈祷文如今我还记得上帝一定有仁慈！上帝一定有仁慈！上帝一定有仁慈！

克雷格米纳的员工有个惯例就是惩罚生病的孩子们，她们不给生病的孩子治疗，也不理会他们的病——风湿性心脏病、哮喘、肺炎、糖尿病、感冒、还有水痘、麻疹、腮腺炎和白喉这样的传染病，都在湿冷肮脏的寝室中肆虐。天主教的医生顾问，据说是克雷格米纳的员工，从不光顾孤儿院，即使来了，也是与女修道院院长聊天，从不看望生病的孩子。

死去的孩子们经常被埋葬后才通知他们的亲属，他们被葬在几英里以外的圣·西蒙教堂院落后面那些没有任何标记的墓里。

我们永远都不知道是否真的有孩子直接被杀害，我们在那儿的日子里，有传言说有过这样的谋杀。一个孩子很可能最终死于受伤或生病得不到救治。有很多"事故"——从楼梯上摔下来或在厨房烫伤自己。帕特里克总伤到自己，所以总是"受罚"。他在来克雷格米纳之前就有哮喘病，但没有医治。他生了病，从没好过，老是咳嗽，呕吐。他咳的非常厉害，肋骨都快断了。我们乞求修女们救救他，带他去医院。如果允许的话我们自己可以带他去，我们知道肺炎必须用"氧气"医治。但修女们嘲笑了我们，向我们大喊让我们闭嘴。女修道院院长玛丽·阿弗瑟斯很清楚这些事情，但她根本不关心。她在房间里，看着自己的电视。她吃得不错，很喜欢甜食。当我们忍受难熬的寒冬时，她有厚厚的羊绒大衣和上等皮靴御寒。

他是1953年一月死的。我们最后一次是在又冷又湿的，所谓的医务室里见到了他。他几乎喘不上来气，在他的肺里有一种奇怪的喘息声，听上去像从屋里的另一端传来的风鸣声——我们不断地抬头看窗户，那些窗户很高，安得也不合适。帕特里克在不断地抖，他的皮肤滚烫，眼睛在他的脸上显得异常大，牙齿打着颤。他对我们说不出话来——他病得太厉害了。但他紧紧地抓住我们——用他的手紧抓住我们的手。

他快要死了。她们杀了他。哮喘和肺炎,可怜的帕特里克不能喘气,窒息着,但她们没人在意。他的尸体和其他孩子一样被埋在贫民墓地。

他死的时候,她们甚至没有让我们知道。他死之后的几天,我们才获准知道。

在圣·西蒙墓地,克雷格米纳的修女和牧师们都得到了体面的安葬,他们还有大理石的墓碑,上面刻着他们出生和死亡的日期。但孩子们的尸体,在墓地的后面——密匝匝埋在一起的,只有小十字架来标记他们。许多廉价的已经烂了的木质十字架,一端埋在土里。帕特里克,你最年幼的叔叔,就埋在他们中间。

所有孩子们的尸骨都混在一起,好像孩子们的生命是没有价值的。

几年前当质疑声首次响起时,她没做任何回应,恋童癖的牧师们也被他们的主教保护起来。但县和州的调查员们开始听取对克雷格米纳的抱怨和指责。新一代的检察官和卫生官员,带动了国内其他地方的调查员。记者们不会被教堂吓倒,因为他们不是罗马天主教徒。

但是,她有她的背景。她躲在律师后面,由于她的地位和头衔,教堂为她提供了律师来保护她,她拒绝作证,她没有被捕,像其他身陷此局面的人一样。她收到了欧依波瓦县的传票,需要在大陪审团前申述,但她身体突然"垮掉"了——这便有了医学上的借口，加上"年老"的理由——她七十五岁以上了——这个女人没有受到政府的进一步"骚扰"。

记者们将玛丽·阿弗瑟斯修女称为"克雷格米纳的死亡天使"，因为在她主管克雷格米纳期间，太多孩子死在这里，粗略统计竟高达一百名之多。

据报道玛丽·阿弗瑟斯修女这样回答：一百名怎么是太多了？他们都是从愚昧无知的家庭里来的穷孩子，被他们的父母亲抛弃，或被（未婚的）母亲抛弃——他们是一群容易把自己弄病的小孩，吃得太多，撑坏了肚子，不洗手，在灰里玩，互相打架，从楼梯上摔下来，逃跑——他们生病没什么大不了的，是的，有时候其中一个死掉了，但在超过三百五十名的孤儿院里，在那二十六年间，平均每年三到四名儿童夭折，怎么就成了太多？

我们坐在拉姆符号酒吧已经喝了两个多小时的酒。两个男人的声音低低的，由于愤怒而颤抖着。我除了说几句我的上帝啊和是的，几乎没怎么说话。男人们的话让我震惊并感到恶心——但并不意外。如同母亲也会感到震惊和恶心一样——同样不意外。你的爸爸不是一个怀旧的人。

和父亲、叔叔离开酒吧时，才知道他们比我记忆中的模样要老得多，每个人走起路来都颤巍巍的，像怕疼一样，我猛然间回忆起，在我的生活中父亲和叔叔好像一直这样走路。他们是男子汉，对男人来说，体力是最重要的，他们也是不懂得抱怨的人，对痛苦一笑了之。但在幼年，他们深受伤害，那种痛苦的记忆在他们的肌肉组织里，在关节里，在骨头里，那种痛他们永远不会说，因为说出来就暴露了软弱，一个男人永远不能暴露软弱。此时我感到了作为儿子的愤怒和一种令人恶心的胆怯，胆怯远不及愤怒。我在想为什么他们要告诉我这些？为什么是现在？

我的车停在我父母那儿，父亲开车带我和叔叔回家。难道我当晚在家住吗？我父亲问了问我，手搭在我的胳膊上。我母亲也问了问，难道我当晚不在家住吗？我的床都铺好了。母亲看到男人们通红的脸，知道他们相互说了些她不能参与的事。我告诉他们不，我不住家里，今晚不住。我当晚必须回尤克莱尔去。

我父亲把我送出来，来到我停车的地方。他并没和我说她现在就住在你工作的地方——是不是？她在你的"看护"下。

那个一月的早晨，发现尸体的早晨，我是第一个上早班的人。

在漆黑的瓢泼大雨中，我一路来到疗养院的侧入口。时间尚早，公寓的灯半明半暗地亮着，从外面看显得很温暖。没人？没人看见我？很快我悄悄地来到 D 单元，在这个时段这里几乎没人，很快疗养院的人会醒来：护士人员和护理员会开始他们的工作，病人们也会"起来"开始他们冗长的一天。但现在一切还没开始，刚凌晨 5：46。

从一间小屋里我拿了个单人枕头，在我防水外套的兜里有一块三英尺长的薄纱窗帘的一角，是我在垃圾桶里捡到的。我从垃圾里把它取出来——我也不知道为什么。我的嘴角咧出一丝笑容——这是什么？我想我会为它找点用途。

我已学会相信直觉，我已学会不再质疑自己的动机。

我轻轻地推开玛丽·阿弗瑟斯修女房间的门，她的房间在走廊的尽头。我屏住呼吸，橡胶底运动鞋没有任何声响，但这个老修女还是因我的出现有些醒了。

把身后的门关上，我没有任何犹豫，像是我已练习过多次。俯身到她的床前，用一只手抓住她的肩膀，按住她不动，另一只手从她头下抽出枕头，直接蒙在她脸上。我做的干净利索，玛丽·阿弗瑟斯修女根本没时间弄清楚到底发生了什么，更别说大叫救命。在死亡的剧痛中她像个发疯的动物般挣扎着，她的手指抓挠着我的手腕。

我戴着手套，她的指甲不会划伤我裸露的皮肤。

在这几分钟的挣扎中，我俯身看了一下，头和脸因枕头的覆盖而模糊看不清。我喘息着，心跳的很快，但很镇静。我没说一句话。

我想起了父亲道格拉斯，想起叔叔丹尼斯，想起了我从未谋面，孩提时就早逝的帕特里克叔叔，他被埋在穷人公墓中，尸骨散落，无处可寻。如今我没说一句话，没有指责这个恶毒的女人,又有什么可说的呢?当你走到田间地头,望着远处的荒野,眼前都是些叫不上名字的,不熟悉的事物,你也会一语皆无了。这次又有什么合适的话呢,事情过了那么久?——去你妈的!灵魂下地狱吧。令人作呕的老母狗,你该受的惩罚远不止这些。

她的手想抓住我的手腕,推开枕头,但却慢慢松懈下来。我闻到了尿液的味道。我没有退缩。枕头紧紧地盖在一个有心脏病的老妇女的脸上,几分钟之内就会要她的命,如果你不畏缩的话。

当我确信一切都已结束,我挪开了枕头,枕头上沾满了这个女人的唾液和眼泪。她的身体竟出奇的沉,又硬又圆的肚子像一只倒扣的大碗,现在变得松软平静了。她的脸像牛头犬的脸,在死亡中扭曲了。我听到了急促喘息声——我的呼吸。而她的呼吸已经停止了,忽然的。

死亡只是几秒钟的事,当你认为生命应该终止时。如果你有技巧的话,生命也有可能被唤回。

但没有,一旦火柴燃尽,火焰便没有了。

没有任何慌张,带着一名老兵护理员的精准,我从脏了的枕套中取出枕心,伏贴地放入一只新枕套中,又将它晃得平整。这个动作在我的护理员职权范围里,我做的像钟表运行一样精准。

床单弄得很皱,好像刚在洗衣机里搅过,我熟练地整理着,像我在美军部队里学过的那样掖了掖床单。

处决小而精致的东西很有意思。一，二，三——完毕！然后到下一个。

我可能将那只脏枕套扔进了洗衣机。没人会去那里找——因为一位八十四岁老修女的死不是"令人怀疑的"死亡，但我还是很小心，将枕套仔细叠好，放进我的背包里，准备下班时处理。

我抬起玛丽·阿弗瑟斯修女毫无生气的头，将那块廉价的薄纱窗帘绕到她头上，遮挡一下她通红的，变形的脸。耶稣的新娘！戴上你结婚时的头纱。

为什么我要花时间做这个？——为什么，在本不令人生疑的地方冒险？

我经常想这个问题，但我不知道缘由。

一丝微笑此时浮现在我的脸上——一个奇怪而缓慢的笑。我开心吗？所以我才笑吗？或者——笑是自发的，一种苦笑？

我无法做出解释，甚至对父亲也是。当时看上去就是去做"正确的"事，那将是我永远的秘密。

"多萝西·米尔格罗姆"没留下遗嘱，这点会被公布。很快，这位过世女人那点微薄的财产会由威斯康星州政府评估。

"多萝西·米尔格罗姆"到底攒下了多少钱，在她担任克雷格米纳主管那些年月？不可能太多。员工们私下里议论那点钱很可能还不够在圣·西蒙教堂买块体面的墓地，而玛丽·阿弗瑟斯修女多年前就已筹划此事了。

我是护理员，负责为下一位入住者清空，清扫并准备房间。

在玛丽·阿弗瑟斯修女房间的抽屉里，在一堆老妇女的内裤，丝袜和羊绒袜中间，有一扎信。我擅自打开了，没有人不让我这样做。让人吃惊的是，那是许多写于二十世纪五十年代的信。是谁这么频繁地给克雷格米纳的女修道院院长写信？为什么她要保留着这些信呢？回信的地址是俄亥俄州的辛辛那提。信纸上是淡淡的玫瑰色，称呼是亲爱的多蒂，署名用了褐紫红色的墨水，有些褪色了——看起来像写着艾琳。我尝试着读了几行，却看不清那花体的字迹。也是个修女？一位密友？还有一搭照片，已经泛黄并打卷了。在这些照片中，玛丽·阿弗瑟斯修女还是个三十多岁的女人——敏锐而闪闪发亮的眼睛，牛头犬般的脸，灿烂的笑容。她穿着修女的黑色袍子，像年轻的牧师穿的那种，一副神气十足的样子。头巾紧紧地围在她的脸上，雪白雪白的。她的脸看上去很冷酷，包裹得很性感，像被夹在老虎钳中。

在其他几张照片中，年轻的玛丽·阿弗瑟斯修女站在另一位修女的身旁，一个宽肩膀，敦实的中年女子，一张圆脸，皮肤很白。两个女人都对着相机喜笑颜开。年龄大一点的摘掉了修女头巾，头发剪得很短，灰色。她比玛丽·阿弗瑟斯修女高出大约英寸。

照片的背景是湖边——一艘划艇停在岸边，还有钓鱼竿。

在最后一张照片中，两个女人挨得很近站在一起，都没带头巾，相互挽着腰。粗腰粗胳膊——都是高大壮实的女人。然后我看到——简直令人惊讶—她们俩光脚站在草地上，在满是鹅卵石的湖边上。

我在想——她们用定时曝光的方法拍下了这些照片，在当时应是一种新思想吧。

这些照片和信件都是用褪了色的紫褐色墨水标记的，我烧毁了它们。我将那个浸满已故老女人唾液的枕套也烧了。如果我能的话，我会烧毁玛丽·阿弗瑟斯修女在这个地球上留下的所有的痕迹，但事实是，她令人作呕的灵魂中一些污秽将留存，在他人的记忆中成百上千倍增长。

对我父亲和我的叔叔丹尼斯，我不会说什么——也从不说，除了我们中间特定的，平静而悠长的目光，一个相互理解的眼神，一个渴望的眼神。秘密一旦隐瞒，就不能说出。当我再次看到他们时，有关老修女之死的话题又被提起。父亲留了页报纸给我看，头版头条，虽然我无须看标题就知道它的内容。爸爸用沙哑的声音说——可恶的赖圾，打扫的好。

爸爸的意思是垃圾，但我没纠正他。

如今几个月已过去，对玛丽·阿弗瑟斯修女，即"多萝西·米尔格罗姆"的死不太可能再做正规的调查。欧依波瓦县的医疗检察官从没联系过我们。高戴医生也已离开尤克凯尔回到明尼阿波利斯，这已众所周知。（很多人，包括我，听到高戴医生要离开的消息都很失望。虽然一位像高戴这样年轻有为的医生会喜欢在明尼阿波利斯工作和生活，而不是尤克莱尔。）然而，我依然为医疗检察官准备了我的陈词，即使没写下来，这种陈词如果写出来看上去有些欲盖弥彰的味道，但我还是默背下了它的开头。

早班是清晨六点三十分，这是我到达尤克莱尔老年疗养院的时间，我在那已经做了两年看护员。大约三十分钟以后，有人在床上发现了那位老修女的尸体。

嗨了

多少钱，她问。

她知道：她正受着欺榨。

她的年纪，她的天真，她的局促不安，她昂贵又有品位的衣服，她的帽子。

在她闪着微光的银发上，一顶黑色的钟形开士米女帽。

对像她一样的女人来说，这是镇子邪恶的一端。

她问多少钱，有人告诉了她。她知道的，她正受着压榨。在这个阴雨的周日晚上，在火车站停车场的木栅栏附近，没有顾客会出这么高的价格。她受到了嘲笑，她受到了打量，她被人估了价。他们正在给她估价——我们能抢走她所有的钱吗？我们能抢走她的车钥匙和车吗？她敢报警吗？有钱的杂种。

她知道,她猜疑着,她很害怕却异常兴奋。她想我就是这个在这儿的人,这个人也一定是我。我会做出这些事。

她付了钱。他们从未怀疑过这位银发女士不会付钱。

在交易结束后,她礼貌地说着话,这是她的天性,非常感谢你!

自我医疗,你可以这样说。

虽然她憎恨这个词中隐藏的软弱——医疗!

她并不绝望。她不是个粗心、鲁莽、或是愚蠢的女人。如果她有个弱点,那就是希望。

我需要自我拯救。我不想死。

她的头发,不是一夜之间,而是经过了心烦意乱的几个月后变成一头发亮的银发,在头部中间散开,垂落在肩头,引得陌生人的纷纷注目。

她变得更美丽、优雅、脱俗。

自他去世后,她掉了二十多磅。

她承受着他的死,那对她来说是珍贵的,可如同怀抱一个超大包袱那样别扭,她无处安放。

几乎,你可以看到 她手中的笨重之物。

几乎,你想逃离她——那笨重之物甚是可怕。

我要做这个,她说,我要开始了。

在生活中,她从没"嗨"过。从没抽过大麻——她班上的学生叫"烟壶","烟草","麻醉剂"。她曾是个好女孩,谨慎的女孩,让人信赖的女孩。上学时,她曾有很多朋友——那种安全的朋友,他们不粗心,不鲁莽,也不愚蠢。他们给有权势的长者留有深刻印象。他们从不"嗨",他们成功地步入了成年,如今该是他们消磨时间的时候了。

她想,我马上就能嗨起来,这东西将拯救我。

第一次她不需要离开家。她姐姐的小女儿凯西带着另外一个女孩,还有一个年龄稍大点的男孩,顺便来访。那个男孩大约二十岁,一张瘦骨嶙峋的脸,叫特利斯特——(艾格尼丝认为是这个名字:"特利斯特")——他提供了大麻。

像这样,他们说,像这样拿住接缝处,慢慢地吸,不要吐的太快,屏住气。

他们都神经兮兮的,大声笑着。她怀疑他们在嘲笑她。

但不是刻薄的笑,她想。

场面确实有些可笑。像他们这样年纪的孩子们,吸大麻的孩子们,他们既不读书也不关心未来,长辈们的生活对他们来说自然显得可笑。

凯西不是艾格尼丝最喜欢的外甥女，但其他的——外甥女，外甥——都在别处上大学，或是在工作。

凯西不是上大学的那几个，她进过戒毒所，因为吸食某种比大麻还烈性的东西——很可能是羟考酮，她的女性朋友也因持有毒品被捕过。姐姐曾说凯西伤透了我的心，只是我没让她知道而已。

艾格尼丝并没有想这些，她在想我是个寡妇，我伤透了心，可我还活着。

不管这场交易如何，这些毒品究竟值多少钱，艾格尼丝都会付账，她将钞票递给特利斯特，他咕哝着把钱塞进兜里。艾格尼丝很感激，也很慷慨，她想了想已经很久没有年轻人到她房子里了，甚至在她丈夫过世之前，也已很久没有这样笑语喧闹了。

他们进来时看上去已很嗨了。很快又来了一个稍大一点的男孩，可能二十五岁左右，突出的下巴上带着胡子，穿着黑色T恤，洗得发白的牛仔裤和摩托车手的靴子，前臂布满了俗气的纹身。

"嘿！艾琪，一切可好！"

艾格尼丝纠正说，她的名字是艾格尼丝。

那个男孩瞪了她一眼。他不是男孩，是个三十出头的男子，只是穿着男孩的衣服。他慢慢地笑了好像她说了什么风趣的话。他开着格格响的破皮卡车并停在了她私人的车道上。

"艾格－尼丝，酷。"

可能他们告诉过他关于她的事，他们都对她的遭遇感到难过并决定保护他。

她齐肩的银发，温柔的说话声。她高档的住宅，像亮光纸杂志上印出来的东西。她是凯西的亲姨，一个寡妇。

可以获取"管控物品"——而不是处方药品——对艾格尼丝仍是个谜，虽然她知道许多人，各种年龄的，主要是年轻人，很容易地获取这些物品：大麻、可卡因、安非他明、羟考酮、维柯丁，甚至海洛因、"甲安非他明"。自我医疗已变得和服用阿司匹林一样平常，娱乐毒品在中学就有了。

她是大学教授，对大学生的酒精和毒品文化，即使不是特别详细，也是有所了解的。

可这些人不是大学生，虽然她的外甥女凯西在社区大学注册过。

像这样吸，艾格尼丝姨妈。

他们都随凯西叫她艾格尼丝姨妈，听起来很甜蜜。

他们把大麻烟递给她，她用颤抖的手指将这粗笨的烟凑近嘴唇——将酸酸的烟吸进肺——尽量长时间屏住气，直到她开始咳嗽。

她以前从不抽烟，她一直注重自己的健康。她的丈夫也很注重自己的健康：他经常锻炼，吃饭不过量，不经常喝酒，他吸过烟，很久以前——有三十年没吸了。可他却诊断出肺癌，很快癌细胞扩散了，几个月之内他便走了。

走是艾格尼丝解释的方法。死亡是她不能想象，更说不出口的。

凯西是个好女孩，艾格尼丝想。她在高中读书时遇到过麻烦，但总的来说，她还是个好女孩。从戒毒所出来她开始在社区大学听课——计算机科学，社交技巧。艾格尼丝的姐姐曾说凯西是她所有孩子当中最聪明的，可是——她脸上穿孔处的银饰像云母般闪着光；嘴唇是紫黑色的，像压碎了的葡萄；上半身很瘦像穿了紧身衣，年轻的乳房松松地垂在低胸的软衫里。

艾格尼丝把烟凑到嘴唇处，感到了干燥。她的嘴满是烟——她的肺也是。

他死于肺癌。这不公平，他已三十多年没吸烟了。

然而，从来没吸过烟的人也可能得癌症，也可能死于肺癌。在生死问题上，公平与不公平的概念没有任何意义。

"嗨！艾格尼丝姨妈，你感觉怎么样？"

她说她感觉有点奇怪，她说那种感觉像酒——除了不同之外，她并没感到醉。

姨妈他们这样叫她，深情地——不是嘲讽地——她是这样认为的。

如此奇怪，这些年轻人在她的房子里，而他的丈夫好像不在这儿！

奇怪，他现在每天都不在这儿，这个事实足以让她思量许久，如同盯住一块巨大的，永久静止的石头一般。

她也显得奇怪，她竟没有死——不是吗？

这儿有她的外甥女凯西，还有凯西的朋友罗蒂，瘦脸的特利斯特，还有——那是马洛吗？有纹身那个，她不太确定。她感到了温暖，一种温暖充盈着她的心。她笑了，咳嗽着，眼泪刺痛了她的眼睛。但她不难过，这是快乐的而不是难过的眼泪。她感到——坦荡？欢欣？还是兴奋？

像走在深渊上横架的一条窄木板上。

如果这条木板是平放在地上的，你不会犹豫。你会微笑，这样的穿行易如反掌。

但如果这木板架在深渊上，你会感到慌乱。你会不由自主的向下望，望入深渊。

不要看。不要看。不要看。

她年轻的朋友正看着她，和她一起笑。她银发苍苍，年纪让人猜不准，像是超过六十岁了，穿着考究的衣服，手指上带着戒指，却像个中学生一样的吸着大麻烟，滑稽！

或许她们会说，古怪。

年轻人们究竟待在她的房子里有多长时间，艾格尼丝不知道。他们当时放起了音乐——打开她的收音机，调到 AM 摇滚频道，音量很大，她能感到空气的颤动，她忍住了捂耳朵的冲动。她年轻的朋友们嬉笑喧闹着。凯西按住了她的手，叫了声姨妈。这是场电视喜剧——开着灯，却没有影子。突然她感到有些困，几乎不会走路，爬不了楼梯，凯西和另一个女孩照顾着她，有人揽住了她的腰，很疼。

"嘿，艾格尼丝姨妈，你怎么样？躺一会吧，你会感觉好点。"

凯西为她的寡妇姨妈感到羞耻，或许——凯西觉得很有趣。

她哭了，哦！不——不能哭，他们会看到。

她已学会了另一种哭泣，向内的，隐秘的。

凯西扶她躺到床上，帮她脱掉鞋子。凯西和另一个女孩在笑。她瞥见凯西正拿着一件很薄的女士晨衣举在胸前，在镜子前面嬉笑着。另一个女孩，正在开一个橱柜的门。接着，其他人走了，只剩她自己。

她醒了，脑袋里出现了奇怪的事。奇怪的噪音，人语，笑声，一切又安静了。她的丈夫正敲门，门却被她无意间锁了，她不想把他锁在外面。屋子里大声的音乐让他感到迷惑和慌张。可她瘫软一团，从床上爬不起来，没法开门。原谅我！不要走！我爱你！

过了一会，楼下安静了。

清晨她醒来，发现楼下的灯还亮着，房间里像被洗劫了一样。

洗劫是她丈夫会用的词，洗劫是合适的词，因为偷盗是随机和粗心的，孩子们有时会那样做。

丢失的有银质烛台、银质餐具、水晶碗和丈夫书房中的电脑笔记本。她丈夫书桌里的抽屉被拽开了，有人在他的文件和证件中翻来翻去，粗心地把所有的东西散落一地。

一座小钟表，装在水晶盒里，镶着金框，是为表彰她丈夫所著的一本历史书而颁发的，一直放在她丈夫书桌前的窗台上的，如今也不翼而飞了。

一扇后门开着，房子里弥漫着一种清冷。艾格尼丝很惊讶，在各个房间穿行起来，却发现自己反复进入同一个房间，像在做一个糟糕的梦。她不断强迫自己去确认，到底丢失了什么。

有时候，睁着眼睛却看不见，长着脑袋却记不住。

记忆的努力让人疲惫不堪。

她的头轰鸣着，眼睛也疼，喉咙又干又酸，嘴里有股灰烬的味道。

他们没有洗劫楼上。他们没有找到她的钱夹，钱包和信用卡。他们尊重了她卧室的隐私。

她没有理由相信她的外甥女也参与其中。

可能凯西会试着阻止他们,但特利斯特和马洛威胁了她。

艾格尼丝永远不会知道,她也永远不会问。她试着告诉自己这并不意味着什么——凯西并不爱我之类,那只意味着他们急需用钱。

她还是给姐姐打了电话问了凯西的事。姐姐冷冷地说凯西早不和他们住在一起了,艾格尼丝应该知道。

凯西住在哪?据说是和"朋友们"住在一起。

凯西已不上社区大学了,艾格尼丝也应知道。

姐姐气愤地说着,意识到自己在和已成了寡妇的妹妹说话,有意缓和了语气,然后问为什么艾格尼丝想要和凯西说话?

"没什么,"艾格尼丝说,"很抱歉打扰你。"

这对她来说很糟糕,她可能永远都见不到外甥女了。

可我依然爱她。

让人疲惫的是,当她不"嗨"的时候——她会不断地乞求丈夫的生命。

每天数小时,甚至整夜地乞求不!永远不!

永远别放弃,求求你!

诊断出来后，医生们便放弃了他，至少对他深受打击的妻子来说是这样的。

他们重复着平静而机械的话，您希望采取特殊手段来延续您的生命吗，如果术中或术后出现并发症的话？他的丈夫是最友善、最通融，也是最不坚定的一个人，很绅士、周到，又通情达理，一个会将自己的焦虑和恐惧隐藏，以此来保护妻子的人，他轻轻地说着那些听上去像医生催促他说的话，当然不，医生，请您自己做判断吧。这是勇敢的回答，这是高尚的回答，这是男子气的平常的回答。在难以置信和恐惧中艾格尼丝听到了这样的对话，大着胆子插话不——我们不准备放弃，我们需要"特殊手段"——我希望给我丈夫用"特殊手段"和你们能做的任何事，医生。

她会乞求，她会哀求，和她挚爱的丈夫不同，面对（他的）死亡，她不会泰然处之。

但非常快，最终医生们能做的也不多了，她丈夫的生命从那一刻起便不见了——消失了——快得像线轴上的线，越少时转得越快。

我爱你——她无数次地告诉他，胆怯地用冰凉的手指拼命地抓着他。

爱爱爱你请不要丢下我。

她思念他，非常思念，她不能相信他再也不回不到他们的房子了，虽然那是如此简单。

在大麻的迷雾中，她曾半信半疑——或完全相信——她的丈夫还在医院里，可不明白为什么自己没有去探望。或许那是在梦里——梦境——不断地出现。很高我飞地很高。地球在我下面是个发光的球体，而我的上面——空无一物……

他去世后的几小时之内，她回到了突然变得空荡荡的家，立刻奔向药橱，在一尘不染的白色大理石边的洗碗池上面，她将药片，胶囊摊开——安眠药、去痛片、抗生素——都是积年累月存储下来的，以她丈夫和她自己的名义开的处方，长时间被遗忘在那儿。从自我医疗——到自我消除又是多么令人神往啊！

这儿有很多种药。就一小把，用葡萄酒或威士忌吞下去，或许——她就永远都不会醒了。

"可以吗？我可以和你一起去吗？"——一个寡妇在空房子里自言自语似乎有些可笑，但对她来说却再自然不过，不自然的是她丈夫没有回应她。

她会劝自己说一切太快了，他还不明白自己到底怎么了。

几周她也没把药片收起来，它们仍在大理石台上。她不由自主地数着它们——五，八，十二，十五——二十五，三十五……

她在想多少片安眠药会"致命"，如果吃得太多，会引起头晕和呕吐；吃得太少，她可能处于半梦半醒的状态，或逐渐陷入植物状态。

男人们在试图自杀时往往比女人成功，这点大家都知道，男人从不吝惜伤害自己的身体：饮弹，上吊，跳楼。

我想去死却不愿感受它，我想让人们对我的死因感到模糊——那是场药物过量的意外！

于是人们会说——没有他，她活不下去，这是最好的结局了。

令人庆幸的是凯西和她的朋友们没有上楼偷她的东西！他们尊重了她的隐私，她愿这样想。

如果凯西走进她的卧室，看到当众摆放的药物，她会立刻想到这意味着什么，她会给她的妈妈打电话。

妈妈！艾格尼丝姨妈很抑郁，有自杀倾向——我想你应该知道。

至少，艾格尼丝认为凯西可能打这样的电话。

"泽克！谢谢！"

"泽克——这个需付多少?"

从一个年轻的音乐家朋友，也是她从前的一名学生那里（他念大学已是多年前的事了），她得到了她认为能使人更嗨，更纯的大麻——她给他打电话，做这样的交易很尴尬，也有些害怕——（当然，那不太可能）——泽克是当地警局的卧底探员，他曾在学校附近的绿色食品店遇见并问候了自己，他一定听说科罗斯教授已过世了，听到这样伤感又出乎意料的消息真让人难过……这之后她给他打了电话，并约在当地商场的大停车场见面，她感到既别扭又羞愧，但面还是要见的，她笑时脸红了，对泽克来说她是科罗斯教授，对所有的仰慕她的学生来说她都是。

泽克卖给她一袋，说实话他看上去有些吃惊——也有些关切。他很有礼貌，好在这些年她还记得他。她告诉这个扎着马尾辫的年轻人晚上她要招待朋友，一些她大学时的朋友，从安阿伯市过来。他似乎相信了她，毕竟没有一个正常人会想自己一个人变嗨。

她一安全到家便点起一只大麻烟然后按照凯西教给她的方法慢慢地吸起来——小心地，深深地吸着。热让人心烦意乱，她不记得有这样的热，还有干涩和酸性。她开始咳嗽——眼泪从眼睛里溢出。她的丈夫会说——你在做什么，艾格尼丝？为什么做这样的事？到我这儿来，没事的，你知道的。

马蒂亚。

用食指沿着马蒂亚那列找，数目竟不少——至少一打。大多数年轻人如今都用手机。新泽西州,墨瑟尔县,电话簿明显变少。嗯,有一小行以马蒂亚开头的名字,从安吉洛·马蒂亚开始。

他的名字不是安吉洛——她认为不是。

可能——是爱德华多吗?

(有一列爱德华多,在特伦顿)

还有乔瓦尼,克里斯托弗,安东尼,托马斯,E. L. 马蒂亚……

这些名字对她来说都像不对,却只能假定她曾经的一个学生,一个在拉维州立监狱的犯人学员,和这些人中的一个或几个有联系。

一时冲动她给电话簿上的爱德华·马蒂亚多打了电话。

电话的那端响了起来,没人接。电话录音启动——一个带着浓浓口音的男人的声音——艾格尼丝很快挂断了。

后来她又重翻了翻放在厨房桌子上的电话簿,翻到马蒂亚那列,她盯着名字栏,想着——名字是"约瑟夫"吗?

那是个传统的、正式的有宗教含义的名字。艾格尼丝总是很正式,很尊重地称呼他为——马蒂亚先生。

其他教员在这项监狱文学活动中直接称呼学生的名,艾格尼丝不是,她很认真地对待活动组织者的警告,和犯人学生不暗示,也不建立任何"不合适的亲密"关系。

和犯人不要有任何肢体接触，哪怕只是轻拍一下胳膊也不要。

不要向他们透露你的姓，或你的住址，或你的婚姻状况。

艾格尼丝记得，在拉维监狱疗伤性写作的课堂上，她深情地读着马蒂亚作文选段的情景，那是几年前的事了。那段教学对她来说，既令人疲惫又令人兴奋，是在州立监狱的严密保护下进行的。

艾格尼丝是受一位热心公益的大学同事招募参加到这次活动中的。她开始有些犹豫，她的丈夫则认为这种监狱教育活动很不错，但他不确定艾格尼丝会不会自愿参加。她要培训的内容是文艺复兴期的文学——毕竟她从没教过基础那么差的学生。

她对丈夫说，如果她感觉不适应或面临危险的话，她会退出活动。但在虚荣心的作用下，她决心不气馁，不中途退出，不让自己软弱，受骄纵。

她和她的历史学家丈夫在一所很有名的私立大学教书，她教过的学生几乎都很优秀，进取心很强。她从没教过难管教的、公立学校的、需要行为矫正的、残疾的或"有行为障碍的"学生。她如今已五十三岁，看上去却比实际年龄更年轻，更苗条，梳着齐肩的红褐色卷发，善意地微微一笑让陌生人觉得很自在。她做过的公益活动大多是为支持计划生育，或为了帮助自由党在政治选举中赢得大选而做的。她从未参观过监狱，连女子教养院也没见过,她也是后来才知道她授课的拉维监狱只有男性犯人。

在她十一个犯人学生里,八个是非裔美国人;两个是"白人";还有一个约瑟夫·马蒂亚——(她现在很确定,那个名字有着古老的宗教含义)——他的皮肤是橄榄色的,里面透着黑色;眼睛是黑色的;头发也是黑色的,还打着卷儿;鼻子是鹰钩状的;小胡子剪得很整齐。像其他强壮的大块头狱友一样,他也有着强健的身体:肩膀和胸部肌肉结实,脖子和一个苗条的人比起来比较粗。(显然,马蒂亚坚持锻炼。)但是和其他人不一样,他走起路来很优雅,像个跳舞健将。他大约五英尺八英寸,比大多数其他犯人矮一些。

在监狱的课堂上,艾格尼丝发现自己总在关注马蒂亚,他穿着宝蓝色的狱服,那时她还不知道他的名字,只是被他年轻的热情与活力和他脸上柔和的光辉所打动。

很奇怪,在某种程度上,马蒂亚是丑陋的。他的五官相对于他轮廓清晰的脸来说像是比例不对称,而他的眼睛冷酷无情,直视着你。可艾格尼丝却认为他很迷人,甚至很些帅气——教室里的其他人坐在那儿要么摆出一副顺从的样子,假装礼貌地微笑着,要么脸上带着一副不耐烦,而马蒂亚的脸像是在发光,透露着内心强大的热情。

艾格尼丝在猜测马蒂亚的年龄——二十五岁?二十六岁?她判断她学生的年龄范围在二十岁和四十岁之间。十周课程结束后，她有些惊讶的发现马蒂亚的年龄是三十四岁，他已在拉维服了七年刑，由于"过失杀人罪"而判有十五年的监禁。在她之前，他报过几门课，但都中途退出了。

这个黑眼睛的年轻人对艾格尼丝一贯彬彬有礼，不过他只知道艾格尼丝的名，却不知道她的姓。他称呼她艾格尼丝女士，言语间透着敬重，好像——艾格尼丝猜想——这个犯人学生在她身上看到了他母亲或其他女性长辈身上的品质。他很有礼貌，很尊重她，与她大学里的学生不同，他们对她不以为然，而他不是。

马蒂亚是班上文字功底最强，也是最聪明最机灵的一个。他的作文透着热切和孩子气，但他的思想像是超过他的大脑容量，只有用又粗又硬的铅笔写作时，才能排解大脑中的压力。课堂上，艾格尼丝坐在教室的前面观察着：马蒂亚俯身弓着背，皱着眉，苦着脸，像是沉浸在一种美妙的苦痛中，又像是自言自语。

课堂讨论时，艾格尼丝有时发现马蒂亚在看着自己——尤其在看她——带着一副若有所思的样子，好像一时间她是陌生的，此时他的脸像带着面具，没有笑容，冷冰冰的。那时她并不知道他为何坐牢，但她确信他一定杀过人，这是一张杀人犯的脸。

好像从一阵恍惚中走出，在下一秒马蒂亚又笑了，并向艾格尼丝挥手示意他要发言——艾格尼丝女士！

喜欢他用天鹅绒般柔软的嗓音叫她的名字，她喜欢看到他眼睛亮起那一刻，此刻那张带着面具般杀手的脸不见了，好像从来没有存在过。

监狱的课程设置了说明文写作,希望达到"治愈"创伤的效果,课程要求犯人用较简单的英语写作,话题略带争议性,如种族融合、女性权利、男女同性恋的权利、言论自由、媒体自由、"爱国主义"和"恐怖主义"。课程同时还设有美国民权运动史,美国土著居民史和"欧洲"征服史。艾格尼丝让学生写出大约五百字的作文,这是最简单的论文。假设你正和作者谈话,然后把它写下来。你同意或不同意他的观点——只要写下你的想法或观点就行。

大多数学生都不怎么识字,他们生活在各自的世界里,与老师的生活格格不入。他们更像是在他人身上制造恐惧或顾虑的人,在课堂上他们是弱势群体,是一群大孩子。艾格尼丝慢慢地,细心地,逐字逐句地给全班学生批阅着作文。从某种程度上讲,这些犯人学生很有想法——但他们的表达能力很差,语句更像是孩子似的骂人话。他们对艾格尼丝的态度,如果是被监视不得已的话,一开始是尊敬,很快变为气愤和憎恨。虽然艾格尼丝试着表扬他们作文中的优点,他们也不肯相信,因为"建议"会随之而来。

马蒂亚思维敏捷,聪明机灵,通常能看懂文章,但他的语言却出奇的凝练,艾格尼丝经常不知道他想说什么,好像这个年轻人不愿直白地说话。他用街头的土语写,但简洁得像密码一般。

有时艾格尼丝看过那折磨人的文章后,抬起头来想这是诗歌!当马蒂亚大声地向全班朗读自己的文章时,他饱含深意地读着,其他的犯人经常听不懂他在讲什么。

她不确定其他的犯人是否喜欢马蒂亚,她不知道犯人们之间能否成为朋友。上课时,通常犯人学生间的距离要坐得远些,有时坐在教室较远的角落里,负责的主管说,他们在牢房里经常过于亲密。

上课时,艾格尼丝问马蒂亚文章中句子的含义——(她总是很小心谨慎,不表现出"批评"的态度)——马蒂亚通常会把省掉的词补上。他像是不知道他的意思有多么隐晦,其他人多么困惑。

"我们不能读懂你的心,约瑟夫"——艾格尼丝说。

她想开个玩笑,马蒂亚像是很惊讶,接着又笑了。

"艾格尼丝女士,那太他妈的好了!"

班上其他的犯人学生和马蒂亚一起笑了起来,其中几个有些下流,艾格尼丝选择忽略这一幕,继续上课。

在十周的课程中,马蒂亚是唯一没错过一节课,而且每次按时交作业的学生。她没对任何人提起过他,包括她的上司、同事、丈夫,但她对"约瑟夫·马蒂亚"感到着迷——不单是他的写作能力,还有他的个性,甚至他的存在。对艾格尼丝来说,教大学里的学生是很令人满意的,授课时没有危险,大学校园代表着安全地带,也不需要遵守监狱的规程。艾格尼斯是长春藤盟校的教授,她知道,即使她不出现在学生们的生活中,他们的生活也不会有什么变化,因为他们大都被一流的老师环绕着。但在拉维监狱,艾格尼丝女士可能真的会改变一个犯人的生活,如果她愿意的话。

几周时间,马蒂亚的作文写得越来越有自信。他知道,艾格尼丝女士很看重他:她是那些权威人士之一,白人世界的成员之一,她很尊重他,一定会站在他的立场上向保释委员会写推荐信,会很有说服力。

我很高兴推荐,即使没有任何资质。

他是我教授的最出色的学生之一。他优雅、礼貌、幽默,值得信赖。

从马蒂亚的晦涩的文章中得知他做了"耻辱的"事——马蒂亚没什么特殊的,这里没人是特殊的,他们都因各种原因进了这所守卫森严的监狱。直到课程结束她才知道,马蒂亚在一名特伦顿毒贩的死亡案中被控二级谋杀,在诉讼辩护中,指控的谋杀罪减轻为故意杀人罪,最终定为过失杀人罪,不是二十年的谋杀罪,马蒂亚最后因杀人罪被判七年徒刑。艾格尼丝对自己说可能他当时出于自卫,他杀的那个人可能要杀死他,他不是个"杀手"。

马蒂亚的保释申请获准了。在最后一节课结束后,马蒂亚当面感谢了艾格尼丝。

他的嘴唇颤抖着,眼里充满了泪水。

她在想我让他想起了——某个人,某个爱他的,他也爱的人。

从他的作文中,她知道他住在特伦顿的坦波尔大街,一个距离市政大厅和特拉华河几个街区的地方,那是游人们去市政大厦和艺术馆经过,但从来不会停留的地方,一个他们宁愿走29号公路,沿着河边进城也不愿经过的地方。艾格尼丝在想很可能他会回到那个地方,他又没有什么其他地方可去。她多么希望可以邀请他去看自己。

她也可以安排他住别的地方,离开那个使他身陷囹圄的环境。

当犯人学生们拖拉着脚走出教室,马蒂亚犹豫着,用其他犯人学生听不见的低沉声音说,"艾格尼丝女士,你认为我能给您寄东西吗?我写的东西。"

艾格尼丝深受感动。她在想:

这样做能有什么危害呢?

马蒂亚和其他人不一样。

马蒂亚想给她邮寄自己的"作品",他说:"我从来没上过这么精彩的课,艾格尼丝女士,从来没学到过那么多……"

艾格尼丝犹豫了一下,她知道,一个勇敢慷慨又冒失的举动就是给马蒂亚地址,那么他就可以给自己写信;但教师们警告她在教室外不要建立这种联系;甚至让马蒂亚知道自己的姓都是危险的。

"如果想着您会读我写的东西,我会写的更多——我会带着希望写。"

可是,艾格尼丝犹豫了。

"我——我很抱歉,约瑟夫,我想——那不是个好主意。"

马蒂亚迅速地笑了一下,没让她知道自己感受的深深的失望。

"嗯,夫人!——谢谢你,像我说的,我学到了很多。不管怎样,我感觉,好像——现在更有希望了。"

艾格尼丝很后悔,她对自己很失望,这么怯懦!

还有一个时刻,在告别的时候艾格尼丝本可以握一下马蒂亚的手。(她知道男性教员在这样的场合违反规定和犯人学生握手,她见过他们握。)但艾格尼丝太谨慎了,她意识到在这最后一天的课堂上,警卫站在门口看着她,也看着犯人学生们。

"谢谢你,约瑟夫!祝你好运。"

现在,她要补偿。

几年过去了,如果马蒂亚还住在特伦顿,联络他不会再违反监狱规定了——是不是？

如通常所说——他已"还完了欠社会的债。如今他是个公民。她，他之前的老师，从没凌驾他之上——在她脆弱的状态下，她的优越感更无从谈起——她想过，如果他仍需要她在写作上的建议，或要她以大学教员的身份联络的话，她倒可以帮他。

马蒂亚曾说过，她给他了希望——这很讽刺。

如今从他那儿，她也可能获得希望。

她如今更加频繁吸大麻，变嗨，一个人在空荡荡的房子里。

她想，这对她很好，拯救了她的生命！——自从她丈夫死后，她便没了吃东西的欲望，实际上自从他住院以来就没有了，当食物——"吃"的"食物"——端来时，她感到既恶心又怪异。

把"食物"放进嘴里"吃"——对她来说开始变得机械，成为学习的动作，而非自然的本能。（她已经掉了很多体重，她的外衣松垮垮地罩在身上，使她看起来像个稻草人。她为什么要在意呢？又没人来看。）

可现在，自从她开始吸大麻，她的胃口又回来了——可怕的胃口，像个年轻的孩子需要营养来成长。她成夸脱地喝酸奶，拌上蓝莓和树莓（她丈夫最喜爱的水果），有时在半明半暗的卧室里她听着头顶上雨滴拍打屋顶的声音，同时吞下成盒的饼干——"美食家"饼干——将饼干蘸在鹰嘴豆泥中，再涂上软软的、过期的奶酪。对她来说,"准备"饭菜太过于麻烦——她不能忍受任何准备期间的各个程序,在空荡荡的厨房里。

如今她开始吃饭了,不失为一件好事。至少,时不时的,在饥饿地吃饭。她微笑着想,至少我不会饿死!

开始的几个月,吸大麻对她来说已成为一种固定模式,就像她丈夫每餐前喝一杯红酒一样。有时她也陪他,但不经常——红酒使她昏昏欲睡,晚上喝则让她头疼,并让她在早上感到有些忧郁。她知道酒精可以导致神经系统的抑郁,她必须远离它,像放在大理石台上的药片一样。

变嗨是不一样的体验,一直嗨是个挑战。

马蒂亚也可能成为大麻的来源。她一开始没想到这点,但是——是的:有可能。

(他可能是因为杀死了一名毒贩而坐牢。他很可能自己也贩毒。)

(她不知道自己究竟想要什么——只是很想再见到他,为自己当初的怯懦作出补偿。)

变嗨后让她头脑更清晰:她计划如何能找到约瑟夫·马蒂亚。闭上眼睛,她演练着这一画面:开车到特伦顿,那儿距离乡村的贵格教堂有十五英里,在市政大楼的出口处开出来,到坦布尔大街……电话簿上没有叫马蒂亚的住在特伦顿的坦布尔大街,但一个叫爱德华多·马蒂亚的住在迪波德大街,那条街和坦布尔街很近——（这是艾格尼丝在城市地图上确认的）——还有个叫安东尼·马蒂亚的住在第七大街，还有 E. L. 马蒂亚——（女人？）——住在西州街，也住在附近。一个大家族——马蒂亚家族。

在这样的街坊附近，她可以打听"约瑟夫·马蒂亚"——如果她敢的话，她可以去其中一个马蒂亚的家庭住址，并介绍自己。

您认识约瑟夫·马蒂亚吗？他是您的一位亲戚吗？

约瑟夫是我之前的一名学生，非常有前途。

你好！我的名字叫——

你好！我是约瑟夫·马蒂亚以前的一位老师。

在这样的设想中，她的心跳加快。

变嗨是一个梦，醒来才是可怕的。

在她空荡荡的房子里，电话铃经常响起，她用双手捂住耳朵。

"没人在家！让我静一静。"

她不愿接电话，不愿回邮件，即使上面标着"紧要"——她甚至连读都不想读。

自从吸食大麻以来她开始躲避亲戚，朋友。他们都是无聊的

"正直的"人——变嗨对他们来说就如同酗酒什么的。

当然他们不会赞同她的行为。她的丈夫也不会赞同。她不能忍受他们谈论自己。

有时,门铃响了。她走到楼上看看是谁,看到车道上有辆小汽车。

她的姐姐打电话,留了条信息。令人心烦的消息,关于——是谁——女儿——外甥女,凯西——逮捕——凯西逃脱了逮捕?——艾格尼丝没听完就删除了信息。

(艾格尼丝只能模糊地记得那些入侵了她房子的年轻人——凯西的朋友,叫特利斯特?——兰迪——是另一个?虽然她不想承认,那人用杀手般冷酷茫然的眼神看着艾格尼丝,如果他继续杀死另一个倒霉的、愚蠢的受害者,那个人会是她吗?)

那些致电者,喋喋不休并"关切"着——她知道她必须删除他们,以防他们拨打911。她会打个电话并匆忙地留下条信息说她很好,但想一个人静一静;或是发一堆邮件说着同一件事。

一个人一个人一个人她想一个人静静,可约瑟夫·马蒂亚除外。

又一次从她的音乐家朋友泽克那里买货。另外一次。每一次,价格都在涨。

第三次的时候,艾格尼丝问了问泽克一小塑料包"大麻"的价格。泽克耸了耸肩说:"这是市场价,艾格尼丝,供求关系。"

回答是漠然的，甚至有点粗鲁，看上去泽克并不喜欢她。

她很受伤，并感到了冒犯。他不再尊敬科罗斯教授了吗？他卷着舌头说着艾格尼丝，而不是科罗斯教授。

她会找到其他人为她供货的！然而，眼下她还是付了钱。

她第一次开车去特伦顿的坦布尔大街。医院最后一次电话通知她关于她丈夫的情况时，一切都已太晚了。从那次通知到现在，已有五个月三周零两天。

变嗨给了她勇气，力量流过她的动脉。

在飘忽的状态下，她知道要慢慢地开车——谨慎地。她微笑着，想着要是因为酒醉驾车而被捕该多么丢脸——在她这样的年龄。

一想到这个，她在车里笑出了声。

车上的广播调到了特伦顿晨光频道。震耳欲聋的饶舌音乐，摇滚，高分贝的广告。胖乔伊。年轻的杰伊。影星尼约。歌星泰加。现金支付。她知道这些对耳膜的攻击都变成了力量和勇气，注入了她的身体。

这些震耳欲聋的声音，让人没有一点恐惧和谨慎。连思想也没有了。

艾格尼丝在想，思想是敌人。变嗨了便凌驾于思想之上。

她离开了1号路朝市政大厅的方向开，开上了一条环形的路，其中有很多单行道和设了路障的街道。不知为什么她向坦布尔大街开过来,这儿与州立大道和特拉华大河只隔了两个街区。这是个破落的街区,成排的破败房屋与褐砂石建筑——上了板条的废弃商店。这是危险的——背叛的!——开到这里,停靠的车辆使原本狭窄的街道变得更窄了。

这几乎没几张"白人"面孔,艾格尼丝感到一种孤独无助。

这是个由很多黑皮肤的非裔美国人和其他浅肤色的、可能是非裔的或是西班牙裔(或墨西哥裔)的美国人组成的社区。艾格尼斯急切地寻找着他。

她转到第七大街和州立大街,州立大街是特伦顿的一条主干道,她看到了更多的"白人"面孔——很多行人在等公共汽车。

为什么种族那么重要?皮肤的颜色。

她可以爱任何人,艾格尼丝想,肤色对她来说算不上什么,只有内在灵魂最重要。

马蒂亚明亮的、黑色的眼睛,盯着她。

艾格尼丝女士,我感到——现在更有希望。

半个小时,抑或四十分钟,艾格尼丝慢慢地沿着特伦顿市区的街道行驶着。从坦布尔到西州立大道,从西州立大道到波特支;从波特支到哈默德,再到格林尼尔公园;右转,重新回到坦布尔,走过很多街区,其中一条商业街上店面林立——韩国食品市场、美发店、美甲店、假发店、饭店和旅店,还有很多钉着木板的,满是涂鸦的其他商店。特伦顿不是一个可以随意行驶的城市，大多数道路都是单行的，一些道路还设了路障——正在维修。（可并不见工人在维修，只有些像被遗弃的重型机械。）她看着街上的男人，想着哪一个可能是约瑟夫·马蒂亚，但没有，可她觉得自己正靠近他。

她告诉自己我无事可做，这是我唯一的希望。

她的丈夫一定会很沮丧！她几乎不让自己去想他，如今看到自己的行为他会怎样，他会多么担心。他曾承诺要"保护"她——还是个年轻的丈夫时他就承诺了很多事——当然他没能保护好她，让她远离他自己的死亡。当他遇见她时，她还是个密歇根大学的女孩子。她的头发是黑色的，透着光泽的棕色，她的眼睛清澈灵动。如今她的头发已变成银白色，一种引人注目的颜色。她停了车，沿着人行道走——在这里，坦布尔大街——吸引了既惊讶又钦慕的目光。

夫人您真美！

不管您的年纪多大，夫人——您看上去美极了。

夫人——您是我认识的人，是不是？

在特伦顿的散步中，她穿着体面的、有品位的、寡妇的衣服：黑色的开士米披巾，一顶戴在她的银发上的钟形女帽，一双得体的鞋子——那双昂贵的意大利女鞋是去年夏天，她和她的历史学家的丈夫在罗马旅游时买的。

他们还去了佛罗伦萨、威尼斯、米兰和特尔菲。她丈夫沿途带了很多的指南手册——有个标题是特尔菲的秘密。她很惊讶地看到，很多重叠的照片都是著名的历史遗迹，照片透着艳丽和原初的底色——红蓝色，遗迹上特殊的装饰细节显示出人为的痕迹，而非"经典"的简约。当然，艾格尼丝应该知道，只是从没想到这些，直到她的丈夫解释说，古代的庙宇并不是朴素的经典之作——珍珠色的、发光的、质朴无华的——相反却是多姿多彩的，甚至是有些花哨的，而废墟并不从来就是废墟。她和大多数游客一样，认为古代遗址一直都如此或大致是当今的模样，对看见的并不多想，她的思想有时是幼稚又刻板的。她的丈夫曾说人们实际生活的方式只有他们自己知道。他们带走了自己的日常生活，留下的是残渣，留给历史学家们去解码。

他为她打开了通往已逝世界的门。如今，他自己却变成了已逝的。

她想他把一切都带走了。没人记得他是谁——也没人记得我是谁。

她开始感到异常：血压一阵子下降——她熟悉那种眩晕，在医院守夜时就有几次，他去世后她也几近昏厥，有两次发现自己躺在地板上，昏死过去。那种眩晕开始时是眼前一片漆黑，好像这世界的颜色都被冲刷掉了，然后随之而来的是巨大的耳鸣和一种彻底的悲伤、失落和无助……

在第七大街和哈默德大街的交汇处，约瑟夫·马蒂亚从街角的一个小杂货铺出来，拿着六小盒啤酒。

他一定也老了一些，一定——接近四十岁。

他的黑发中夹杂着灰发，比她记忆中的长些，眼窝深陷，眼睑发红，皮肤似乎比以前更黑了，像是被烟熏了。他正穿着平民的衣服，不再是艳蓝色的囚服了，那种囚服会使最健壮的犯人也是一副小丑的模样。他身上的衣服很时髦，却很廉价：一件开到喉咙处的蔓越莓色的光滑衬衫，一双带有很深裤兜的松松垮垮的工装裤，一条扎的很低，几乎扎到了他窄窄的屁股上了的铜扣腰带。

她看见：他在那一刻眯起的眼睛，钩形的鼻子，嘴唇上修剪好了的小胡子，还有个新东西——横穿过他的左眼眉，一个邪恶的、小小的拉锁状的伤疤。

那是约瑟夫·马蒂亚！——（不是吗?）认出了她，但忘了她的名字。

他一动不动地站在路上，像个看见了猎物的捕食者，虽然此时他不在狩猎，甚至也不饿，但还是一动不动地站在路上，本能地盯着。一会儿他慢悠悠地笑了起来，眼睛里闪起一道神秘的光。

"夫人！您看起来不错！

癞蛤蟆小孩

从她衣鱼般眼睛的眼角，妈瞄着我，看我是不是睡着了。我没睡着我完全醒着。

我回来和妈住在一起，虽然我不住在这里。

我十一岁时第一次逃跑，待在我朋友莎蒂那儿，没告诉他们原因，或者说没准确告诉。不能完全告诉任何人任何事，因为他们会用你的话来反驳你，就像用一块脏抹布擦你的脸，并说那是你脸上的肮脏，那是你应得的。

那次是警察把我带回来的，妈和伊万达觉得是我让他们感到羞耻，虽然一时没表现出他们的愤怒，可警察走后，他们狠狠地揍了我一顿。

伊万达如今走了，撇下他的小儿子走了，妈说像撇下一只恶心的黑人癞蛤蟆。

妈的家人讨厌她，因为她生下的这个婴孩日夜啼哭。凸出的癞蛤蟆似的眼睛，皮肤也如癞蛤蟆的颜色，一张小嘴有着流不完的口水，胳膊和腿都松松垮垮的，里面像没有骨头。

这次当我回来的时候，妈抓住我使劲地拥抱我，把她的脸埋在我的脖子里，直到我闻到她嘴里的臭气将她推开。一个成年女人埋着脸，靠着她十三岁女儿的身上哭并不大正常。

现在她和我一样高，但是妈比我重四十磅，她的皮肤滚烫。

县里把我安置在"寄养家庭"，其实是和我姨妈住，妈最年长的姐姐，妈同母异父的姐姐，克罗伊姨妈和妈有着不同的父亲。

在学校上数学课时，老师让我帮忙。在黑板旁我脖子上戴着一条红格子围巾，是我姨妈克罗伊的。有一次姨妈还把我黄铜色的头发编成了一排排的辫子。我是个十三岁的大女孩，我站起来很高，我可不买大男孩的账，我面对面地瞪着他们，我才是那个知道数学题答案的人，他们可不是。

那个女孩是谁，走廊里的另一名老师说着，向教室里张望，她错把我当成学院里的老师助理。我只是笑了笑，没快速或急切的说话，而是平静的，按我学来的样，平视着他们的眼睛。

我的脸有些红，他们紧紧地盯着我。

但我从未跟他们提起妈，也没说过癞蛤蟆小孩是我弟弟。即使他们问我，摸着我的手腕显示他们的真诚和友善，问我是否需要帮助，我从没如实地说，只是说家里的一切都很好，一切很好。

我笑了笑，表示我一切都好。如果他们摸我手腕，我会装做毫不在意地甩开。

是谁将我父亲打死了，我不知道。妈告诉警察她没看清那些脸，也没听见人说话，当她从藏身处出来时，一切都结束了。

那年我三岁，不记得当时的时间和地点，但我知道是在某个地方，不是妈现在住的地方。

那个时候，像一堵墙被水冲倒了，一切变得凋零，支离破碎，即使你用手指触摸着帮助自己去回忆，你也做不到。

妈没故意去伤害癞蛤蟆小孩，但妈有时很低落很疲惫。在那些难熬的岁月，妈的喘气都馊馊的。

有时，妈很生气。为什么这就是我的生活？这不是我的生活！

妈说那时他吸附着在我身体里，要是我把它弄掉了，那我就不会有这个丑陋的黑鬼癞蛤蟆小孩。我就不会在这个鬼地方。妈用她闪着光的，衣鱼般的眼睛看着我，眼睑都刮破了。

妈一这样说话就很吓人，我真希望她别这样。

妈说婴孩太大了，不适合待在女人肚子里。最好像鸟儿或是蛇一样去孵化蛋，那样你就可以不必老待在那儿了。

伊万达走了以后，妈带着癞蛤蟆小孩总是出事，跌跌撞撞地把他掉在了楼梯上，灯泡也烧坏了。癞蛤蟆小孩的头上都是严重的瘀伤，并伴有他们在急诊室里说的"脑震荡"，在那儿他们问我问题，妈需要我跟她待在一起，并告诉他们我的婴儿弟弟扭动着、乱踢着，挣脱了妈的手臂，摔了下来，他们可能相信了我，也可能没有。

癞蛤蟆小孩有黑色浓密的头发，斑驳的皮肤，人们可以看出他是个混血小孩。如果他们用这个来指责妈，他们并没有像妈的家人表现的那么明显。

妈说她"自我医疗"，这样可以不让她的思想变味，她说，像会堵塞返水的下水井一样，你的思想会在睡梦中扼住你的喉咙，让你透不过气来。

昨晚我睡在妈这儿，她这样奇怪地看着我像要冲我大喊为什么你在这儿，我不需要你！帮妈做完晚饭，打扫完厨房，哄癞蛤蟆小孩睡觉，然后看着电视硬撑着不睡。癞蛤蟆小孩在他的小床里焦躁不安，踢蹬着。妈看我的眼睛闭上了，利用这一间隙，光着脚从沙发上走进洗澡间，将浴盆放满水，带着癞蛤蟆小孩一起洗澡，因为她不想一个人。我不能让妈关上门，我狂敲着门，如果可能，我会把门拆掉。妈的睡衣全湿了，癞蛤蟆小孩的尿片被泡了，需要换了。我的手在颤抖，我向妈保证我会保护他因为不会有其他人了。

我是癞蛤蟆小孩唯一的姐姐。我比癞蛤蟆小孩大十一岁,我想他永远都不会真正的了解我,但我永远都是他的大姐姐。我的肤色和他的不一样。这些日子将被长久的遗忘,他的肤色会使他远离我们,和他同种的人住在一起,而不是我们,妈说。

你不会让这一切发生,是不是?——妈在乞求我。

因为妈不想伤害癞蛤蟆小孩。

我们躺在妈妈的床上,孩子在我们中间。即使很困,我依然害怕睡去。

妈这阵子一直喝酒,所以她显得很高兴。但妈的情绪会变,即使在她高兴的时候。妈说我会淹死你们中的一个,会是谁呢?

该死的,妈!那可一点都不可笑。

妈笑着,抖着。唯一可笑的是我的脸。

但真的,妈不想伤害癞蛤蟆小孩。

只是个别时候,癞蛤蟆小孩哭的特别厉害的时候。你不会想到这么瘦小的婴孩会哭得那么大声,你的脑子会像杯子里摇晃的干豆子般哗啦啦地响。于是妈就会变得十分激动,焦躁不安。

那段时间我一直不睡觉。掐自己的脸,咬自己的嘴唇内侧,直到出血。

但你没法不让自己合上眼皮,就像你不能不让天亮一样。

妈,住手!和妈撕扯着,咕哝着,我把婴孩从浴缸里拽出。水已经到顶了,冒着蒸汽。水满得流到了地板上,妈捆了我一记耳光。我想站稳却摔倒在滑溜溜的地板上，癞蛤蟆小孩躺在地板上，不哭了，也不踢腾了。所有的都湿了，冒着蒸汽，癞蛤蟆小孩看上去是那么小，像个松松垮垮的布娃娃，静静的不动，不踢也不叫。妈一把夺下他，使劲地摇，癞蛤蟆小孩却静静的，一点也不哭。我从妈妈手中抢过癞蛤蟆小孩，冲着她的脸大喊！尖叫！挤压着他小小的胸膛，疯狂中不知自己在做什么，将他平躺着放在满是积水的地板上，用自己的嘴按在他的小蜗牛嘴上不断地吹、吹，使劲地拼命地吹进他的嘴里直到癞蛤蟆小孩开始动，生气，大哭。癞蛤蟆小孩吸进了空气，你能听到。癞蛤蟆小孩大喊大哭起来，妈说那刺痛了她的心，妈也在大哭。跪在浴室的地板上，妈湿漉漉的头发缠在脸上，我吃惊地发现妈也是个女孩子——一个像我一样的女孩，只不过年龄大些，她的皮肤像被太阳晒过一样滚烫。她拥抱着我并开始哭泣，上帝保佑你，你让弟弟免受了上帝的愤怒。

经历了这些，我这一生都害怕睡着。合上你的眼睛睡觉是种可怕的诱惑。癞蛤蟆小孩的哭声会惊醒我，即便他已长大成人，即便妈已去世，我也将成老妇，癞蛤蟆小孩的哭声总会响起，将我从黑暗中惊醒。

恶 魔

恶魔小孩,在子宫里踢蹬着,他可怜的年轻母亲加倍疼痛。吃奶时,他拉拽撕扯着她的乳房。整夜啼哭,呕吐,大便,拒绝吃东西。不不,我是充满爱的,我为爱而痴狂。爱妈妈。(虽然害怕爸爸。)蜷缩着,倚偎着,他的头钻向妈妈的腋下,紧贴着妈妈温暖而肥胖的身体。渴望爱与食物。渴望他无法懂得,也无法说出的:上帝的恩典与救赎。

撒旦的印记:一块蛇形的、通红的烈焰般粉刺状丑陋胎记。从他的下颌盘旋延伸至耳下,你甚至看不见它。他小时被邻家女孩们嘲笑,那些肥胖的、大块头的、带着奶头的女孩们和笑出眼泪的眼睛。恶魔!恶魔!看啊,恶魔的印记!

那些年月在热病似的梦境中流逝,或许从没流逝掉。妈拥抱他，捆他耳光，为他祈祷。他是她的婴孩，她的杰斯罗。她生育了他，也为他起了名字。但现在她无法爱他，她摇晃着他。一眨眼的功夫，妈不再年轻。摇晃他皮包骨的双肩，他的头晃动着。牧师为他祈祷，让我们远离邪恶，他曾经是好的，他曾经远离邪恶。上学的日子，他的双眼起了薄雾，看不清黑板，白色的粉笔，握在老师手中，写到黑板上，吱吱的尖叫声刺痛了他的耳朵，弄得他龇牙咧嘴，尿湿了裤子。

恶心，蠢货，老师骂他。他不像其他的小孩。

如果不像其他的小孩，那么像谁？像什么？

些年不堪回首，如同身处一辆拥挤的城市公交车中，柴油尾气从车的后部排出，到处都是废气味。爸走了，抛弃了他们，妈坐在厨房的桌旁，带着一双肥腿和疲惫不堪的双膝。从那些永远带着苍蝇屎的窗户看出去，永远是相同的样子。年复一年，破旧锡铁门的小餐馆前，空荡的场地长满了野草，破碎的玻璃闪着烁烁的光；餐馆和场地中间有一条斜插的小路，孩子们叫喊着跑过，喊声回荡在小河上；破损的人行道上堆满了垃圾，像是许久以前的游行庆典留下的五彩纸屑。

或许那是个深邃的、无限的誓言，你永远也不能终结它。在千万缕耀眼的光束中摇摆，看不清任何事物。可能是沙漠。红色的沙漠，魔鬼在热浪中跳舞，翻滚。除了在照片里，他从没见过真正的沙漠，那只是地图上的一个名字。这一切在他的头脑里膨胀得要炸开。

恶魔小孩，他们低声地议论他。可是，不，他是充满爱的，为爱而疯狂的。他太小了，太矮了，他的腿短，他的头和瘦弱的肩膀比起来又太大。他有张奇怪的，蜡像般苍白的圆脸，一双杏仁状的漂亮眼睛，如果你仔细看的话，他小而湿润的嘴永远向里嘬着，好像要将污言秽语安全地封在里面。

缠绕在他下颌那块撒旦的印记开始褪去，如同青春期萌发的皮肤问题，血慢慢地退回到组织细胞和毛细血管里。

不再是恶魔小孩，而是一个害羞忧郁的孩子，他的圣经名字没人能发好音——杰斯－罗。他依然受到了背叛：别人总是嘲笑和蔑视的眼神背叛了他；他的出生，还没准备好就从子宫里被挤出，也背叛了他。

不再是恶魔小孩，但好些年，他日日夜夜骑着一匹如雷鸣般嘶叫、四蹄锋利的黑马，气势汹汹地在人行道上奔跑，在柏油操场上奔跑，"战争"的伤亡者，他的同学们躺在操场上流着血，奄奄一息，还有那些作弄过他的大男孩们和咯咯耻笑他——杰西罗！杰西！并用手戳他裤子的大女孩们。他一路狂奔，穿过学校的走廊，践踏着，摧毁着，包括老师，成年人，他们中间还夹杂着无辜的儿童。愤怒而锋利的蹄子，喷着白色泡沫的鼻子，龇着大牙，上帝的愤怒，这匹黑马暴跳着，嘶鸣着。我要摧毁道路上的一切，我生来就无情无义。

不再是恶魔小孩，但他放火烧了他的学校，那里他们都嘲笑他；烧了成排的商店；烧了和自己家一样的邻居们破败的木制房屋，连门廊都是烂的；一直烧到人行道上去。把那张散发臭气的床烧烂，从他还是个婴孩开始，父母就将那张床藏匿。没人见过这愤怒的火焰，它熊熊地燃烧着，如同没有人知道他们中间有个恶魔，生来就无情无义。

这是个一月的清晨，明亮而多风，他瞪着漂浮在镜子里的一张脸。特莱维斯公交站卫生间的镜子很脏。一个男人的脸在他身旁出现了，像一轮月亮，赫然耸现。只是那张脸更大，沾满牙垢的牙齿闪着津津的光，嘴角浮现出一丝狡猾的笑。或许在某个教堂，他见过这张脸，可能是妈向他引见的，一个代替了老牧师的年轻牧师。牧师的手指抓住了他，隐隐的轻微的用拇指瘙着他的掌心，他笑了，颤抖了一下，感到很羞耻。现在，那张脸跟随他到这儿，在镜子里他的脸紧挨着自己的。那双手开始触摸他，有些痒，接着越来越有力，他挣脱不掉，他甚至不能呼吸，因为一块漆黑的东西扑向他的脸，捂住了他的嘴，他的鼻子，他不能呼吸，坠入一片漆黑，而那双手抓住了他，那双胳膊压住了他，那张嘴吸吮着他，他张开嘴尖叫，却发不出声音。一扇门开了，传来一声大喊："嗨！上帝啊！你们这些变态在干什么？"喊声渐弱了，门在厌恶声中再次关上。那个男人——某个牧师的男人——走了。他不确定，他以为是个牧师，妈曾以为是，但妈有时也出错，当事实如此时，妈总不愿承认错误，如果你试图纠正她，她会变得很激动。头一侧很疼，他睁开眼睛，开始并不知道在哪里，过了阵才看清，自己正躺在厕所地面中间肮脏的地板上。尿液满墙都是，很脏。小便池和镜子沾满了污垢。那股臭味，他喘不过气来。他被扔在那里，像垃圾一样。有人狠狠地踢打他的胸部，他又被重重地抛在了地上，他感觉心脏可能停止跳动，但没有。让他羞耻的是裤子前面被粗暴地撕开，拉锁也坏了。拉锁如果坏了，妈会知道。他几乎喘不上气来，微弱地呼吸着，抽抽嗒嗒地哭了起来。有个人极其厌恶地把他拎起来夹在腋下，离开这儿，从这儿滚出去。不要脸！你这个年纪！永远别回来，滚回你的地狱去！他几乎不能走，两腿之间的痛如此剧烈，屁股眼儿疼，那里嫩皮被撕裂了，流着血。一路挪到公交站，他几乎不能走。候车室里的每一双眼睛都盯着他看，透着厌恶与窃笑。

看啊，恶魔小孩！

爬回去，去死，爬回他的窝，一间河边用木板封住门窗的屋子。爬进窗户，重重地摔在地下室的地板上，地面如金属般反着光，那里有着同一张脸，猛地他从那张脸上看到了撒旦的印记，在他的右眼球上，一块泥点？灰点？血点？在那里魔鬼被释放出来，新年来临，地球的轴心转动了，偏离常规，如同走在陡然掀起的地板上，从缝隙中其他的东西进来了。或者其他的东西一直都在你的内心中，只是现在才意识到。

忽然他有了一种奇怪的、令人头晕的平静,他懂了,甚至在他看见之前就懂了:撒旦的印记,在他黄白相间的眼球上,不再是缠绕的小蛇而是一颗五角形:五芒星①。

牧师们曾经警告过。五角星:五芒星。

是在那儿,在他的右眼上,他用拳头拼命地擦着。

跑回家,两英里。在这儿他是人们熟悉的,但没人知道他的名字,妈知道他一直是个麻烦,他不是一直吃药的时候都说谎?把胶囊藏在舌头下,然后再吐出来?上帝啊!是的,但是你没法每分钟都看管着像他一样的小孩。是的他出生就是个错误,但不是谁的错,没有人告诉我们别抽烟、别喝酒,这些屁话他们如今会告诉年轻的妈,但当时没人告诉我们,就像没人告诉我们的妈和她们的妈一样,明白吗?是的一定是上帝的安排,是的但你的爱会褪色,和廉价镜子背面的铅一样,成年累月地腐蚀着玻璃。是的你祈祷啊祈祷啊诅咒啊,诅咒啊但你的话没有在上帝那回响,反而掉到一口臭气熏天的干枯的井里。

十九岁,发育不良,像个矬子,或者说几乎就是。矬子的一副圆肩膀。剃光的脑袋闪着蓝光。光头上坑坑洼洼,还有一堆白斑。人们以为他病了,头发掉光了,瘦得皮包骨,四肢细长十分

---

① (象征魔力、神秘等的)五角形符号,基督教中五芒星是撒旦的标志,象征着邪恶。

难看。可教堂里的女人都知道他有一双闪闪发光的漂亮眼睛。当他在几英里外的大街上闲逛时，陌生人向他微笑，紧张地、神经质地微笑，像基督徒应该的那样微笑，不是审视。他家附近的邻居们叫他的名——杰西罗，像个圣经里的名字。奇怪的，醉人的男孩子，易激动，不敢看对方的眼睛。像痉挛一样的耸着肩膀，好像要挣脱出某人的掌控。

尽管你跑的飞快，但别人跑的更快！

或开着车从后面追你，鸣着喇叭，一群家伙将身子探出车窗外大喊：变态杰西罗！恶心变态！同性恋！

他们一家如今住在穆勒大街的连排房里，他使劲用竹枝节般的双手捂住自己的耳朵，不去听他醉醺醺的妈大喊为什么你回来的这么早，不是在离家五分钟的木材场有份工作吗？为什么现在不在那儿？他推开又肥又醉的妈，一头扎进了洗手间关上门，噢！上帝啊，在镜子里，它又回来了：五角星，五芒星，那无疑是撒旦的印记，深深地嵌在右眼球扩大了的瞳孔下。

不！不！上帝啊！帮帮我！

疯了，用两个拳头疯狂地揉着，用手指戳着眼睛。他啜泣着，祈祷着。用拳头捶打着，用指甲撕扯着自己。他的姐姐拍打着门，怎么了？出了什么事？杰西？妈的声音愈发高了，充满了恐惧。它已经出现了，他琢磨着。第一个清晰的想法浮现：它已经出现了，现在每个人都会看到了。像一块坠入水中的石头，如此清晰和平静。他一直知道祈祷是徒劳的。跪在那里低下头恳请耶稣走进你的心里，可耶稣怎么会走进你的心呢？一个如此变态丑陋同性恋的心？魔鬼的印记会回来，尽管浸入血液里，但有一天它一定会再次出现。

推开女人们冲进厨房，在抽屉中胡乱地抓着，刀具散落了一地，有一柄长长的切肉刀，他的手指合拢了，感觉那就是命运。又一次把女人们推搡开，他几乎不看她们，推开他肥胖的姐如同他抬木头或抱满怀的砖那般轻松。难道他没多次向我们的天父祈祷，想要如机器般完美吗？机器不会思考，机器没有感觉，机器也不会极度渴求爱，机器的确如此。

一头扎进洗手间，关上门，将尖叫的女人们锁在身后，对着镜子里那张可怕的脸低声嘀咕着撒旦走开吧！撒旦走开吧！上帝啊！帮帮我。用左手的手指固定住右手腕，右手的手指紧握着那把切肉刀，举到眼球前，疼得忍不住龇牙咧嘴，眨眼睛，抽泣着躲闪——还是再次强行将刀尖伸向自己的眼球，带着生来就疯狂的一股勇气插入，挖着那该死的眼球。是的！现在！它就在里面。疼痛是如此巨大，甚至无法衡量——像天空一般。灼烧翻腾净化的感觉像突来的惊喜。一团火。眼球不容易摘除，它和眼窝内部强健的组织紧紧相连，他必须用沾满鲜血的手指拉扯着，呻吟着，甚至不知道是他自己在呻吟，用刀锋利的一面锯，决不回头直到耶稣召唤你，将眼球割下来了！像妈将婴孩从她的肚子里挤出，坠入这肮脏污秽的罪恶沟壑中！

他把眼球扔到满是污垢的马桶里，用颤抖、油滑、激动的手指按下马桶的冲水键。魔鬼的印记消失了。

一个眼窝空了，鲜血像泪水般流淌，他跪着祈祷，感谢您上帝！感谢您耶稣！喜极而泣，此时天使们穿着光芒万丈的衣服，眼睛发出熠熠的光，从天而降，拥抱着他，不在乎他脸上鲜红油滑的面具，不在乎他怪异，是个变态，是个同性恋。因为他现在哪个都不是了，他是上帝的一名天使，他现在要飘向大地之上的天空。某个一月里狂风大作的早晨，你会在那儿看到他，或看到像他的一张脸，在一片愤怒的云朵里。

罗蕾莱

请爱我,我的眼睛乞求着。我的需要是那么单纯。我不会指责你迅速地转开脸。

不是你,不是你,也不是你——你们当中我不会指责任何人。仅仅只是爱我,好不好?爱我……

那个周日晚上,为了不迟到我在时代广场换了车,地铁是拥挤的,车厢也是拥挤的,我一直都知道一切很快会发生,我的命运将会在一个小时内改变,只要:当你抬起眼睛看我,当你的脸转向我(看似随意,偶然),我出现在准确的位置,我一定会在那儿,否则那一珍贵的时刻将转瞬即逝,接下去会——异常孤独!我在一大群陌生人中下了车,又挤进下一辆,登上砂石台阶，气喘吁吁，生怕扭到高跟凉鞋里的脚踝骨。我的头发漆黑你会怀疑那是染过的，但我的头发没染过，这是我头发自然的颜色，我的皮肤白皙，细腻娇嫩。当我坐下并以熟练的方式交叉双腿，而你刚好一瞥，你会看见我穿着一件到膝盖以上的黑色仿鹿皮短裙，裙下是带黑钻图案的长丝袜和黑缎子的吊袜带，裙子上面是一件白色的蕾丝背心，背心下是黑色的缎子蕾丝胸罩，紧紧地托住我的小乳房，那对小乳房像在默默恳求着：请爱我，请看看我，你怎么能转过头去？我在这儿，在你的眼前。我用钢梳子将我闪闪发亮的黑发梳得蓬松隆起，是它原来的三倍高。我的嘴很小，一副委屈的模样，像窝在壳里的蜗牛。我用深红色亮泽的唇膏画了嘴唇外侧，使嘴看上去大些。我气喘吁吁微笑着，赶着去铁轨的另一面。我被挤来挤去，推搡磕碰，粗鲁地触摸——是谁？——有时我感觉是你轻轻地碰了我一下，就像羽毛的触碰，纯粹是偶然的或几乎是偶然的。有时你的碰撞很疼，我当心的话会闪到一边，但此时一阵奇怪的困倦侵袭了我，这个人不是你，可是令人吃惊的是——他撞了我之后急忙从我身边走过，几乎没注意到我，也放慢脚步，更没道歉，甚至一句嘟哝的对不起也没有，他的碰撞像电击，注定令人疼痛，却夹杂着某种愉悦。这个陌生人好像知道自己不是你，而时间也不是今晚。

那个周日的晚上，时间不太晚——没到十点，不如前几个晚上疯狂和拥挤，可时代广场仍人来人往，这点是肯定的。我就是你看到的那个不顾一切，急忙赶去坐市中心地铁的女孩，在车门关上之前，跌跌撞撞地穿着高跟鞋上了车，你可能认为我脑子出了问题，涂了黑睫毛膏的眼睛异常的亮，深红色的嘴唇微张着，发烧似的脸上透着期待和恐惧，你也可能感到我可怜，或比可怜更深的，更伤人的其他什么；你想帮我，至少想把座位让给我，很可能我会接受。

总是在地铁站，我会想就在这次列车上，这次列车是我的命运：谁？你们当中哪一个？我因兴奋而战栗着、期许着，透过低垂的睫毛估量着种种可能性。当然多数时候他是男人，但（有时）也是女人。他是年轻人，中年人，偶尔是老人。他也可能是年轻的女人，带着某种暗号，但从来都不是中年女人或老女人，从来不是！我甚至连看都不看她们一眼，我憎恨她们，她们疲惫的脸和倦怠的眼，可有时她们的眼里也透着希望，那是我特别鄙视的，因为在绝望中，希望是可耻的！当这些女人之一由于超级无聊而向我微笑，挪开身子让我坐到她身边时，见鬼！我才不会坐在那老女人身边，好像她是我妈或我外婆似的！

好像我是她们当中的一员。

那天晚上一个大约四十五岁左右的女人，在我刚进车厢时就敏锐地注意到了我：我喘着粗气，独自发笑，头发微微凌乱地垂到脸上。这个女人穿着一件绿色制服，鞋子像难看的污白色护士鞋，泥土色头发平平地贴在头皮上，束在发套里。她盯着我看，既不带同情也不带怜悯，倒带着几分反感。她长着一张呆板的鱼嘴，我尽量不去看。我痛恨那种冷静地观察评判我的人。我向除了这个戴发套的女人之外的人恳求看我，爱我！嗨！我在这儿。

地铁的列车开得飞快让你几乎喘不过气。满是污垢的车窗外有个像镜子似的反射面，但多数时候望出去，看见的都是飞逝的隧道壁。当列车减速进站时，一切都渐渐慢下来，气动车门在嘶嘶声中打开，像一头巨大而难看的野兽在叹气。乘客们踉跄着下车，新的乘客跌撞着上车。我抬眼看着，热切地期待着谁是我的宿命？你们中的哪一个？在三十四大街你们中的一个上车了，坐在我身边，我能看出他故意选了我身边的座位，因为还有其他没人的座。他的眼睛跟随着我像只缓慢爬动的鼻涕虫，我交叉的双腿裹在黑格子的丝袜里，嘴上挂着梦幻般的半抹笑容，像期待认出某个朋友。我有着一张友好的脸，像个孩子希望得到惊喜，对一切都不是很挑剔。他赞赏地看着我，嘴角展出笑容。他比我大很多岁，地铁上的"坏爸爸"之一。在地铁里有些坏爸爸，你会认识一两个。他粗鲁着看着我，讽刺中带着笑容，或是笑容中带着讽刺。他四十刚出头，皮肤粗糙长着斑，面色苍白，神情落寞却很迷人，如果这幅模样长在女人的脸上，会丑得无望而可笑。他沙色的头发卷曲着好像假发一样，他的右耳垂上带个银耳扣，像夹进了肉里，看上去很疼。他立刻吸引我目光的是他穿的小山羊皮衣服，一件带钉状修饰物的夹克衫，和我的裙子正好配，这是暗号。(夹克衫当然不是"真正的"小山羊皮。我的裙子，裹在大腿上，刚到大腿开叉处以下的几英寸，当然也不是"真正的"小山羊皮。)他穿着黑裤子和（假的）鸵鸟皮的靴子，在他（毛茸茸的）左手腕上，带着一个很沉的标有身份的手镯。当他咧嘴冲我笑时，一只令人惊讶的闪闪发光的舌环，像是在冲我眨眼。他好像认识我，他说了一个名字，一定是他编造的名字，或是他熟知的名字，或是他认识却多年未见的女孩的名字。我对他笑了笑说那不是我的名字，我不是那个女孩。他问那么你是哪个女孩？那只舌环毫无疑问向我下流地眨着眼。我告诉他，劳蕾莱——我叫劳蕾莱。他把手窝成杯状贴在耳边好像在这嘈杂的地铁中听不清一样。他重复着我的名字劳蕾莱，并说那是个漂亮女孩的漂亮名字，我不知道那是真心话还是玩笑话，但我看得出他对我感兴趣。我看到他的眼睛闪着光，那是双普通的、很小的、泥土色的眼睛。压低了声音他开始讲他自己，他是个孤独的朝圣者，寻找着他不能命名的事物，已寻找了一生，他问我是否愿意和他喝一杯。我愿意，我们可以在下一站下车一起喝一杯，他知道某个地方。透过涂了睫毛膏的眼毛，我一直静静地观察着他，他的眼睛是普通的泥土色却充满了希望。但事实对我说不：他不是那个人，于是我礼貌地告诉他我不能和他一起下车，不，谢谢。我告诉他我要去见另一个人。他现在不再友好地看我了，声音也变得低沉粗鲁，还把我的名字劳蕾莱叫成劳拉—李，某个愚蠢的、母牛的名字，他并不看好。这期间列车里其他乘客都竭力回避我们，不去听那个男人对我讲话，他对我讲话如同我是弱智一般，像对那种家人不该让她独自乘车、脑袋异常的女孩，当然，我不是那种女孩。那些偷听的人中有个穿难看绿制服，戴着发套的女人，制服上还带着食物的污渍，她可能是个餐厅的工作人员，我真同情她，她正皱着眉头看着我们，好像我们是社会的渣滓，我真鄙视她。

我闭上眼睛不睁开，几站后，戴发套的女人走了，在我身旁带舌环的男人也走了。我打开金色带镜子的小粉饼盒，看了看我发亮的鼻子，焦急的双眼。我忽然意识到，自己差点犯了个错误，那个人其实是个考验，我险些愚昧无知地和他走了。

那时我的生活中充满了不断的考验，在无知或疯狂的状态下，我会犯下严重的错误，那么我将无法认出我的宿命。

从车头处传来"砰"的一声，车门关上了。一个大个头的女孩上了车，大约三十岁，没有眼睫毛，好像她把它们都拔光或剃光了，她的大半个脑袋也剃光了，只剩硬硬的黄白色短头茬，真醒目——车厢里的每个人都盯着她，甚至那些不断打瞌睡的人都吃了一惊，清醒过来。女孩的脸发着光，像由某种合成的材料制成的，比如塑料肉，连气孔也没有；她的嘴鼓着，肿胀着，一动一动地像在自言自语。地铁里的确有些人时常自言自语，如果你（有可能）想偷听的话。她看见了我，眼睛立刻锁住了我。她半开着步,在我头上两英尺的地方抓着扶手,晃晃悠悠地站着,盯着我,一抹微笑慢慢地浮现在她的塑料脸上,像是什么东西融化了。这个高大强壮的女孩有六英尺高,穿着卡其裤和紧绷绷的黑色 T 恤,上面写着红字怪物龙。我们之间的暗号是她左手中指上一个子弹形状的银戒指,在我紧束的腰带上也有个子弹形状的银搭扣。她的眼睛在我身上游走,像那些在数秒内吞吃活物的小个头鱼——食人鱼。她俯过身子问我知不知道现在这变态时间是几点了,我笑了说很抱歉我不知道现在"这变态时间"是几点,像是已过晚上十点,我说这是我认为地面上有钟表的地方应有的时间。我的话让塑料女孩笑了,一股辣肉味从她张开的嘴里飘出来。她问我没带腕表吗?——我说没,她又笑了说嗨你是个根本不他妈在乎时间的女孩,是吗?我皱了皱眉头,我不喜欢听污言秽语,甚至从一个恭维地盯着我看的女孩嘴里说出也不行。塑料女孩一直在我上方斜着身子站着,说着话呼着臭肉味,我在想你是那种知道自己想法的女孩,那太他妈的酷了。

塑料女孩提高了嗓音以盖过列车的嘈杂声让我听到。她开始和我讲她要去的那个地方,一个她不想回的地方,中途之家①,该死的中途之家,只是那儿欠着她,有她的衣服和个人文件,所

---

① 中途之家:为刑满释放者或已痊愈的精神病人重返社会而设立的过渡教习所,重返社会训练所。

以她不得不回去，只要不走他妈的前门就行，你必须在那儿登记，你得从一扇窗户进去，不能是他妈的大白天，只能是晚上。塑料女孩的声音好像是广播里的声音，播到我这儿来，和我一点关系都没有。她T恤里的大胸摆来摆去，卡其裤拉锁上面支出的大肚子又圆又硬，像面鼓似的，这一切搅得我心烦意乱。那只子弹状的银戒指就是我们之间的暗号，（可能）塑料女孩也看到了。此时一个念头在我头脑中一闪就是这个人吗？一个女人？

一大群人在下一站涌入了车厢，一个男人推搡着挤进我和塑料女孩之间，好像塑料女孩是不存在的。他行为粗鲁，比塑料女孩高大，知道她不会给自己找麻烦。他在一旁冲我笑好像他认识我或假装认识我，这是个我们以前玩过的游戏，他和我，不是吗？我身旁的女人决定换个地方，她和塑料女孩待着不舒服，现在又来了个男的，悬在她上面，两个人都被我吸引，大概眼睛都盯着我这儿。她起身离开了，很快那个男的没等塑料女孩坐下就强占了座。你能看出来塑料女孩很生气，龇着牙像要把人撕碎一样。我抬头用恳切的眼神看着她，对不起！我真的很抱歉！——但塑料女孩耸了耸肩离开了，在车门再次开启时坐了个稍远的座。列车猛地发动时，我可以看到她剃过的脑袋像灯泡一样发光，那黄白色的短发颤动着，天线一般。我知道：塑料女孩会盯着我，她不会轻易地放过我。

在我身旁的男人推了我一下——这是今天晚上第一次真正的

触碰，我吃了一惊——他问我记不记得他？嗯？

我记得他吗？邓克是他的名字。

邓克！我不记得什么邓克。

听见这么个蠢名字真令人发笑——邓克。

你当然记得，亲爱的。你记得邓克。

想起来了，是的我以前见过邓克。不止一次。为什么看见他我有种奇怪的感觉，那种被他保护的感觉，那种你和某些人打交道的感觉，当然不是和大多数的男人，从来不是。几个星期以前我们在地铁里开始交谈，他带我去喝了咖啡（在联合广场）。可能那时的我和现在打扮一样。邓克穿着假鹿皮的夹克衫，就是他现在穿的这件，他钢丝般的灰头发梳成个小马尾辫，垂在后脖梗子上就像现在一样。（不得不笑他这个小马尾，因为除了绕着他凹凸不平的脑袋上那一缕头发，邓克几乎是个秃子，他让那缕头发长成了小辫。）邓克身上有些让人怀旧又让人舒服的东西，他很久以前是个吸大麻的嬉皮士。邓克说他记得我，是的，他记得劳蕾莱，嗨，你知道你伤了我的心吗？邓克弄出个哭似的好玩的声音，像个哮喘病人要发作一样，其实他是用那张脏纸巾擤鼻涕，发出喇叭似的噪音，于是我笑了，那是邓克的力量：会让你笑。他手中那块脏兮兮的纸巾就是暗号，因为在我的兜里同样有一张脏兮兮的带血的纸巾。

邓克以前一直是这个城市辅助治疗神经病人的社工。他说二十三年后他不得不退休，领着残疾人福利工资来度日。他在佩恩车站的咖啡店给我讲述他的一生，他的声音渐渐变成了歌声像一首催眠曲，你能看出邓克以前讲过很多遍他的故事，但邓克没有其他的故事可讲。他非常孤独，他愿意吐露自己的隐私。他的皮肤散发着热量像一部散热器。让我（几乎）大笑的是——他的右眼飘忽不定，而他的左眼盯着我。在咖啡店邓克为我付了咖啡和食物的钱，邓克认为我太瘦了，他说如果营养不良人就不会长大，他说我的器官会过早地变老，我也会过早地死去。他给我讲述了一个他的病人的故事，那个病人威胁着要杀死他，他说那会有什么区别呢？不管怎样，我们所有人都会死，不是吗？他一直很抑郁，可怕的事发生在他的病人身上，邓克应当承担责任，虽然没人知道这件事。邓克除了我不会告诉任何人。

邓克说，他已经厌倦抑郁了。我只用了一半的心思听着，另一半心思渴望着你。直到这时我才意识到邓克不是我的宿命。

那天晚上，邓克问我是否愿意和他一起，我们可以一起吃顿饭。我礼貌地说谢谢，我和另一个人有个约会。

谁是我的宿命？你？

无论是谁，我都没看见。我从没见过他的脸，从没见过，他只是我眼角处的一个阴影。大鸟展开了翅膀。(我想那一定是个男人,我确信那是个男人。可即使是事实,我也不能百分百确信。)在十四大街车站,我打算坐车去五十七大街,此时经过了时代广场,最近我在时代广场总是很失落,而我在卡耐基大厅周边地区则不同,劳蕾莱在那儿更引人注目。我站在站台边缘,和一小群人聚在一起等待下一班列车,和他们稍稍拉开了些距离,也许是几码,我不认为自己站得太靠站台边,太危险了。好像有什么东西粘在我的高跟凉鞋底上,像一小块口香糖似的黏糊糊的恶心东西。这块口香糖像舌头,哎呦!我尽力把它从鞋底刮掉,这时从眼角处我看到或隐约看到你的影子正从左侧走来。一个想法迅速而急切地映入我的脑海,请抚摸我!那是个熟悉的想法,我并不认为自己陷入了危险中。抚摸我,即使你要伤害我。噢,求求你!

那时我在坠落,我在喊叫,我在坠落。这一切发生太快!比我重述要快的多!当时我想着你最终抚摸了我,是人的抚摸。你选择了我因我性感年轻美丽。你在芸芸众生中选择了我。

但我的喜悦已结束,我掉到了铁轨上,无助地躺在上面。一股机油味冲进了我张大的鼻孔里,冷冷地发着霉臭。不知哪里来的列车正在加速,迎面而来的车头灯。我的身体像一个没有骨头的破布娃娃,耷拉着被列车碾碎。紧急制动闸拉下了,但一切都太晚了,当你偷偷地走到我背后,笑着低语着劳蕾莱!劳蕾莱!

一切就已太晚了。那是你刻薄的笑。你从后面使劲地推我,你的手掌摊开在我的肩胛骨中间,快速地,使劲地推着,好像你早已计划过这一动作,演练过无数遍达到了完美程度。你推我的时候,将头转到了左边,留意着自己的动作冲力不要越出站台边缘,沿着铁轨你推动着尖叫的牺牲者,你在奔跑,你推着旁观者们奔跑,带着神秘而残酷的笑,你消失了。我的身体卷进了碾压的车轮,我的腿在膝盖处被压断了,骨头又被猛地一拉,于是左胳膊在关节处被撕掉了,我的头骨被压碎了,像你脚下不经意踩碎的一只鸟蛋,你甚至根本不知道你踩碎了它。那双蠢笨的高跟凉鞋从我的脚上飞出,大概在十几码外能找到。我的血从身体中喷涌而出,与冷冷的机油和铁轨的污秽混在一起。我的身体被碾碎了,肢解了,你再也不能凝视我的美丽。你再也认不出劳蕾莱了。在站台上面,陌生人在尖叫。我想大喊,这些陌生人关爱着我。在那一刻,他们关爱着我。列车上曾对我冷眼的乘客已原谅了我,正拼命地大叫救命!快救命!噢上帝啊救命!一个结实的大个子女孩可能是塑料女孩跑到站台边,却看不到我,因为我的身体藏在正急速刹闸的列车下。

邓克,惊愕地张着大嘴。扎着小辫的光头嬉皮邓克,脸已变成了灰色。他震惊,他悲伤,他眩晕,在最后的时刻他失去了我。

从不认识我的人,只是瞥见一个女孩在疾驰的列车前撞车而亡，这些人也为我悲伤。那些一生中从不认识我的人永远永远都不原谅我，因为我已经死了。

请爱我？我的眼睛乞求着。我在座位旁看着车窗，到市区的列车疾驰着驶过隧道，车厢里的灯灭了，又亮了，灭了，又亮了像睡前的感觉。车厢的灯太亮了看不清外面，只能看见满是灰尘的车窗里自己的影子，自己的脸，有时你却认不出那张脸。

请爱我？我爱你。

拯救者

1

家里来了电话,是关于你的哥哥,他们说。

像一座巨大的石钟乳彻底坍塌——冰制的石钟乳。

哥哥怎么了?我说,我是家里最小的姊妹,看不出家里其他的孩子和我有什么瓜葛。

爸爸的声音像是通过某种隧道,或许是时间隧道传过来的,他属于那些拒绝使用手机的老派人,他们不用电子邮件,沟通交流的方式是老式的固定电话,摆在厨房里一个特制小桌上显眼的位置。

"你哥哥需要帮助,他现在情况不好,还拒绝和我们讲话,他不接电话,你知道我们已尝试过了,都失败了。你年轻,和他住的近。"

这是假的,这是谎话,我和哈维住的至少距离两百英里,但我只能结结巴巴说——"不,你们住的更近些。"

我父亲解释说哈维已经从神学院请假了,现在住在新泽西的特伦顿。

请假这个词说出的时候带着小心,带着我父亲的愿望,希望这个词不意味着退学,开除,不能毕业。

我不知道这些,我很震惊,甚至有点害怕:一方面,我哥哥住的地方距离我有六十英里;另一方面,我的哥哥已经从神学院退学了。

我痴迷上帝的哥哥是我听说的,唯一的,从中学就开始笃信,自己的命运注定是成为"上帝的仆人"。

哥哥的消息听起来令人困惑,我一时接受不了。我父亲继续讲,这时间我母亲一定斜着身子,耳朵靠近听筒,急迫地说着话。这些重叠的声音让我的脑袋都炸了,裂开的两半像盛在金属容器里被不断摇晃的栗子——充满了噪音,毫无生气,一时间言语也没了意义。

"我不能去看哈维。我——我没时间去——"

"你可怜的哥哥很孤单,你知道他多么天真,不谙世故。你也知道他'喜怒无常'的——'神游症'。求求你去看看他,你是他妹妹，我们亲爱的女儿，尽可能对他好一点。"

我非常想挂断电话，这太不公平了！

那些声音继续无情地嗡嗡作响着："如果你能给他买点东西，偶尔给他做顿饭，如果你能……"

"我做不到，我没时间。我现在有自己的生活。"

"上帝保佑你，亲爱的。如果你能为你可怜的哥哥做这些事，就等于为我们做。我们在这儿多么无助，身体不好，又上了年纪，晚上的气温也开始下降，风呜呜地吹过这间老房子，可怕的冬天也临近了……"

我已经不听了。耳朵里血液的嗡嗡涌动淹没了这些抱怨声。我说了声晚安！就挂断了电话。

决不！你们不能迫使我，不能再这样了！我现在不是你们可以任意摆布的女儿了。

匆匆忙忙地上楼梯，我激动地自言自语着，鞋跟卡在了一个散口的东西上。忽然之间，我面朝前向下倒去，脑袋撞到楼梯的硬木地板上，有好一阵子，我躺在地上又惊又怕，一动不敢动，我一度怀疑自己可能死了，是不是还有意识？是不是只是摔折了骨头，受惊吓后心跳过速？冷冷的一片漆黑向我袭来，像被一个不知名的看门人用一把大毛刷似的扫帚挥倒。可有人在焦急地轻摇着我的肩膀，一张关切的脸出现在我头部的上方——你好，你还好吧？让我帮你……

那是纽科姆大楼里一位年轻的女住户，是一张友好的熟悉的脸，虽然我知道她的名字，如今在极其尴尬的情况下，我只会结结巴巴地说"谢谢您，是的我没事，我很好"，然后用一叠纸巾捂住正在滴血的鼻子，"非常感谢！"

我着急想逃掉！我不能忍受把这么狼狈的可怜相暴露给别人。

走出我居住的大楼，我的脚步很快，虽然我在湿冷的风中还有些摇晃。路都走了一半我才发现自己连外套也没穿，雪花落在我的头发上，睫毛上，被暖暖的脸上融化了。

树叶粘到了脚底上，我想踢开它们，鞋底却像流着黏液的舌头般吸附着树叶，让我无法摆脱，这使我感到了深深的恐惧。

有好一阵我不知道自己在哪儿，要去哪儿，脑袋里的血管猛烈地跳动着，我不是你们的俘虏。

我记起来了，我要去杰斯特学院，校园里一所带住宿的学院，学院老师们正在那儿举办纽科姆研究生接待会。当我跨入会议厅的哥特式拱形门时，我父母说过的那些讨厌话立刻烟消云散了。

在我们校的研究生学院，我是十一名纽科姆研究生之一，这十一名优秀研究生中有四名年轻的女子和七名年轻男子，都是这所不错的二等大学的学生。这所大学建于十八世纪，在经济危机时靠着二十亿美元的捐赠维持下来。这所大学是我们赖以生存的生命线，将我们从波涛汹涌的食人族的社会海洋中解救出来，带到这所历史悠久的大学浮岛上，我们都是人类学和社会学的学者，我们的未来飘忽不定，像诱人的海市蜃楼——到优良的大学去供职，自由地献身学术并从事教学——那将是一种颇受保护，非常令人羡慕的生活。我的哥哥哈维，比我年长几岁，提前进入到这种绝缘孤立，受保护的世界中，他是神学院的一名学者，或曾经是，如今已被退学。而我 23 岁，却也满怀抱负。我的脸像打磨光滑的皂石般平淡乏味，但内心中的我，却像马蒂斯的钢笔画中棱角分明的女性一样。我的声音低低的，沙沙的却很和蔼，我的嗓音无疑是"女性的"声音，但我如果不调整嗓音的话，我的声音就像一只饥饿的鸟发出的刺耳又嘶哑的叫声。

接待会上，纽科姆的研究生被引荐给年龄大些的人类学博士后和教授们认识。这样的场合，我总能很好地掌控自己。我是个小巧、骨架又轻的人，总带着悦人的微笑，当有人靠近我时，我的微笑就像自动灯般浮现出来。我悄悄地用接待会上的开胃品给自己做了个小晚餐，因为我很节俭，并想尽可能节省钱。在我的书包里，有我偷偷地包在餐巾纸里的几块吃剩的开胃品，我为午夜时的饥饿做好了准备。

我的学术论文是研究宗教中的文化人类学的，我从师 A 教授，他是研究非洲亚伯拉罕教和几个非洲本土宗教的高级专家，那些宗教在津巴布韦和苏丹地区都有着悠久的历史。A 教授将一份如今已消亡了的埃维语的珍贵手稿托付给我，这部手稿虽几经译注，但在 A 教授看来都不够精准，我将在他的指导下翻译并阐释这份稀世稿件。

在拥挤的接待会上，我的视线穿过房间看到了 A 教授，他的视线从我身上掠过好像没认出我，我想也许是这位上了年纪的白发绅士没看见我。

其他人向我看来——我的脸热涨着，一小股液体从我鼻子里淌出来，我赶紧用一块餐巾纸擦掉，在其他人看到之前我得用纸吸干它。

有人问我是不是弄伤自己了，我的眼睛和鼻子像透着淤青，我快速地否认了：我没伤着自己，我很好，就是——有点家庭危机，我必须得离开学校几天。

家庭危机？这是什么话？

对我来说也足够震惊了——不是我温柔的，调整后的女性声音在说话，而是我乌鸦般嗓音，说出了我本不想说的一些话。

现在我开始发愁我衣服上已有的血点，我真不敢向下去看。

2

看到哥哥住的地方我震惊了。

格林德公园 11 号的房子看上去根本无法居住,那是座已饱受风雨侵蚀的都铎式建筑,曾经很显眼,你能看出来——像周围其他房子一样都是半圆式建筑,这些房子环绕着一座破旧的公园,其中最高的建筑是一座小型希腊复兴式庙宇,看上去像是个公共图书馆,柱子和墙上被涂鸦弄得面目全非,那座公园已废弃,除了几个零星的流浪汉或坐或躺在那里,一动不动地好像死尸一样,其中有个黑皮肤的男孩,裤子提到腰以下,像电影和录像里的街头流氓那样半裸到臀部。公园里人迹罕至,零星的几个成年男子,一动不动地像棋子般散落在公园的角落里,你能感觉到他们在密切地注视着其他人,这使你想起秃鹰,只不过这是些地面动物,他们的重量使这个被人遗弃的城市小公园里的树木不堪重负,这些树木早已被风雨腐蚀得败落不堪。

格林德公园坐落在特伦顿城,距离交通堵塞的卡姆顿大街有两个街区,卡姆顿大街上有一连串的快餐店、加油站,还有很多装着百叶窗待租的小商铺,越过这条繁忙的商业街,临近的是个由成排的破烂木板房组成的居民区,这些房子要么待租要么已被遗弃,居民区的旁边就是格林德公园,距离卡姆顿大街和曾闻名的特伦顿居民区还有一个街区。对我和父母来说,这始终是个谜，为什么哈维搬到特伦顿？在这儿他不认识任何人，为什么住在这样一个街区？

直到现在我还自以为了解哥哥，我一直不是很喜欢他——坦诚地说，哈维也不怎么喜欢我，甚至不怎么注意我——但我一直敬佩并羡慕他，想和他一样，脱离我们现在的家。

我把车停在格林德 11 号门前的路边上，路边满是垃圾，我从打火器上拔下钥匙，忽然发现公园里的几个眼睛发光的黑帮样的男孩早就开始打量我这部车了——二手货，锈迹斑斑，经济型，外国（"马自达"）——"鉴定"完毕，他们便走开了。

我当然锁了车门，我的笔记本电脑在车里的一大堆衣服下面。

那座英国都铎式房子，以前是某个人家的私人住宅，如今简单翻新后，被隔成了很多间可租住的公寓，原本优雅的门厅现在只是条通道，铺着破旧肮脏瓷砖，通道一侧的墙边还摆放着一排廉价的铝制邮箱。

几英尺外我就认出了哈维歪歪扭扭写的小字——哈维·谢尔顿，公寓 3B。

两个高个子的年轻男子，大约二十多岁，正咚咚地下楼，他们还牵着一只体形巨大、秃脑袋的狗，那只狗一看见我就狂叫起来。

其中高个一点男子抓住狗的皮链，看我一脸害怕，他笑了笑，向我保证——"嗨，小家伙，达戈没啥危险。"

这个年轻人身材瘦长，他的皮肤光滑柔软，带着茄子般的光泽，很漂亮，他脑袋上却留着难以置信的"骇人"的雷鬼头，一直垂到他后背的中间。他盯着我看，还冲我笑，让我感到很不舒服。

"你确定找对了地方，小家伙？"——那人对我快速地一瞥，里面透着精明和算计，我的五官和苍白的皮肤被一览无余。"是来找谢尔顿先生吗？他在家。"

他在冲我笑，露出鲨鱼白的闪光牙齿，他只是松松地牵着狗的皮带，那只狗随时可能向我冲来，我赶紧后退几步，然后蜷身躲闪。

那只狗是个大块头，大鼻子大嘴，眼睛却很很小，带着怒火瞪着人，我想那是条斗牛？——生来就会攻击人。

他不会让那条狗攻击我，他当然不会。

我感到既害怕又迷惑，模糊地感到还有一个人，年纪稍大些，在一楼的楼梯平台处的阴影里，跟在这些年轻人后面大骂，骂声夹杂在他们咚咚地雷鸣般的下楼声中，看上去好像这些年轻人从他那里拿了些他不想给的东西，可他们公开嘲弄他，和他开着玩笑，他们不像是小偷。

"骇人"的雷鬼头让被激怒的达戈坐下，达戈却想咬我，我和达戈很近，我几乎可以感到手上有那只狗热热的唾液，我举起手来挡着脸，退缩着靠在一排廉价的邮箱上。

另一个青年矮一些，也重一些，他的皮肤是灰黄色的，眼睛很小，脸平得像个球形的海洋生物，一双眼睛往外凸，他咧嘴笑着，既有些憔悴又兴高采烈的，好像他想让自己的朋友放开达戈似的。他和我们有段礼貌的距离，半遮掩地站在满脸奸笑的雷鬼头后面。雷鬼头嘲讽地说："他是你的哥哥，是不是，嗨？小妞，那可是个不一般的哥－哥。"

我不知道这句尖酸的话是什么意思，雷鬼头是个好战又沉着的家伙，他说话流利、连贯，带着讽刺的味道，像个说唱艺术家。在他英俊的脸庞右侧有个纹身，既狂野又对称。看到我受了惊吓，他缓和下来，"呦，该死的狗！"——他把达戈拽开了。

两个年轻人大笑着，轻蔑地"砰！"的一声，关上前门走了。我还在抖个不停：达戈的口水还在我的手上，冰凉的。

一楼的楼梯平台上的人是谁，好像他没看见我在这儿畏缩着，或者懒得去看，他又回房间去了，不见了。

那是哈维吗？我好像认出来了，是的，那是他。

我敲了敲3B的门，里面静静的，好像有股向里吸附的气拉扯着门。

"你好？哈维？是……我。"

我又举起拳头敲了敲，声音更大了，门忽然开了，我哥哥哈维站在我面前，一脸的惊讶。

惊讶和一些别的东西——沮丧和不满。

"莉蒂亚？你这是……"

哈维眨眨眼，眯起眼睛朝我身后看看，又张望一下那边的楼梯，我想他失望了，他想让那些男孩子们回来。

我们两人都很惊讶，互相盯着对方，他有些奇怪的地方：哈维竟比我记忆中矮了。

哥哥自青少年起就一直都很高，四肢修长，二十岁时他至少有六英尺高，可现在他可能还不超过五英尺八或九英寸。（我是用自己的个头测量的，我大约五英尺六英寸。）哈维更瘦了，几乎有些病恹恹的，他的窄下巴上布满了胡子茬，他的眼睛，一直是阴郁和忧虑的，如今布满了网状的血丝。

哈维像是只穿了一半的衣服：脏兮兮的牛仔裤和一件贴身内衣，没穿鞋子和袜子。

我想解释一下，是他们让我来的。

哈维好像知道是谁派我来照看并监视他。

（我给我父母回了电话，要了哈维的地址。我为什么要屈服他们不合理的要求，我永远都不明白。）

（从那一举动之后发生的所有事都不是我所希望的，但不知怎的，一切就像按照一个邪恶的陌生人所写的剧本那样发生了，一切和我最真实的愿望相反。）

哈维一幅神经兮兮的样子，我必须得重复我刚说的话。他不断地向我身后看，向楼下的门厅张望。外面，那只狗歇斯底里的叫声渐渐消失了，男孩子们也不见了。

哈维一脸沮丧地盯着我——他最小的妹妹。他本想直接关门了事——当着我的面摔门——但他还是叹了口气，缓和下来，让我进了屋。

"好吧，既然你来了，莉蒂亚。"

看见我他并不高兴。当然，这一开始就是个愚蠢的错误。

我进了他的公寓，暗中打量了一下他的房间——一间高房顶的屋子，光线昏暗，里面都是些不匹配的旧家具，还有箱子、盒子、书堆和一付磨损严重的硬木地板；窗户上没有窗帘也没有百叶窗；头顶上只有一盏光秃秃的灯泡，大约60瓦，整个房间像是福利旅馆里的客房。

哈维一副心不在焉的样子，虽然他想和我说话，想听我说话，但很明显他的心思在别处，他甚至对屋子里的每个声响都很警觉。在他满是胡茬的下巴上有块肌肉抽动着，充血的眼睛像是没有焦点。他没请我坐下，也没请我喝点什么——哪怕是一杯水。

房间里有股令人尴尬的气味——什么东西酸了，发酵了还冒着气。在这种气味之下，满屋子都是脏衣服的味道和长期不洗澡的人身上的臭味。

我还在不厌其烦地向他解释我为什么来，为什么父母亲派我来这儿，我没告诉哈维我是奉命来"帮助"他的——那会冒犯到他的自尊心。

哥哥一直很骄傲，对他的高分数，对他的"好孩子"的名声，长辈们都欣赏他，他的同龄人却不以为然。

"爸爸和妈妈本想亲自来看你，"我勉强地说，"只是——他们开车来太远了，并且他们也——老了……身体又不好……"

我的父母亲并不老，实际上，还没到六十岁，并不老。

据我所知他们也没有身体不好，尽管他们在电话里是这样说。

哈维笨手笨脚地直想藏他手里的东西，他想转移开我的注意力，他走到房间一个角落的桌旁，把他一直拿着的东西扔了进去——（一小袋或一小包东西）——扔到一堆报纸下。

哈维恢复了几分他往日的神采，不再是门外走廊里一见我时那种惊讶和不悦，以一副大哥对天真、爱捣乱的小妹的语气对我说："上帝啊，莉蒂亚！你就不该来这儿，我们的父母亲和我的生活再没关系——他们是我们之间的唯一纽带，但这纽带早就断裂了，他们知道这点，你也该知道这些。你不该成为他们的侍女。"他停了停，愤怒地擦了擦鼻子，发起火来。"我想你可以先住一夜，然后明天必须走——回你来时的地方去。"

当然哈维一定知道我正读研究生，在某个著名的大学，和他退学的神学院一样著名。他的话像是带着兄长的辱骂，我尽量不去伤心，也不表现出伤心。

"如果这是你想要的，哈维，但是我想……"

"是的，这就是我想要的。你难道没听我说什么吗？上帝啊！"

在哈维面前，无疑我又退回到那个可怜的小妹的角色中——一个泛爱或怜爱的对象。我的姐姐们有时喜欢我，有时不喜欢；我年长的兄弟姐妹有时陪陪我，但不经常。哈维现在冷冷地说："我们的父母没权利干涉我的生活——或干涉你的。而且，你这样的女孩子在这里不安全。"

我在想：可你呢？

在昏暗的灯下，东西乱糟糟地堆在一起，这里更像个储物间：箱子（打开的书和论文）摊放在地上，脚下到处是白色的塑料袋。我哥哥哪儿出了问题：他的脸上少了点儿什么。

哈维的头发很长，脏兮兮的，垂到肩膀上，头顶却开始变秃了，这就让人有了怪怪的感觉——好像有人抓住了他的长发，把一小绺拽到了脑后。

在我的记忆里，哈维的那头暗棕色的头发一直梳着传统的发式，头发的两边和后面都剪的很规整；他的穿着干净、朴素，如果他注定是"上帝的仆人"，他也不是那种热情奔放的福音传教士，他会和他的偶像莱茵霍尔德·尼布尔一样，是个学者式神学家；他从不吸烟，从不喝酒，据家里人了解，他从没和女孩或是女人有过情感经历，也少有朋友。他在我眼里从没有这么大的变化，如此——邋遢，好像有只大手抓起可怜的哈维猛烈地摇晃了他。如今他的皮肤成土色又布满斑驳，好像他一直很热。他的头发在脸上散着，油腻腻的一绺绺的。他还穿着脏牛仔裤和脏T恤衫。在学校和神学院里他总是整齐地穿的白衬衫，扎着领带，穿着夹克衫，总是一副中年人沉稳又满腹期待的表情，虽然只是二十刚出头。我的父母之前总是向别人炫耀他们唯一儿子的照片，他在一所有名的神学院学习，莱茵霍尔德·尼布尔就曾在那里自学成才。我们的儿子正在那儿学习，他要成为一名牧师！

能说出这么愚蠢又炫耀的话是我父母典型的特征，也许这是所有父母亲典型特征。我并不羡慕哈维，只是感到有些不满和受挫。

我父母像是很少注意到我在学校表现出色的时候。

干的好莉蒂亚。很好。

可能一个家庭中爱的供给是有限的，等到最小的孩子到来的时候，供给已经减少了。

哈维正在抱怨："你好像不明白，莉蒂亚，在特伦顿的这片地方——一个——像你一样的人——会被挑出来，引起不正常的注意，你是不同的，你是个年轻的白种女人，你很有吸引力。你又是单身一人，很容易受到伤害。"他说有吸引力和容易受到伤害时带着责备，可说到单身一人好像并不公平。

"可我并不是单身一人,我和你在一起。"

哈维瞪着我,愤愤不已。

"你不是和我在一起,你是入侵,是不速之客,明天你就回去。

我看见哈维的手一直在抖,他的指甲参差不齐的,他看起来像至少比实际年龄大十岁的模样。我们见面的时候没有拥抱——嘴唇没有轻轻碰触对方的脸——但我感觉哥哥急促的呼吸像是什么易燃的东西,一个想法映入我的脑海——噢,上帝啊!——他生病了,他是个瘾君子。

我不愿相信哥哥可能付钱给那些大块头的年轻人,他们为他提供某种服务,不只是提供毒品给他。

哈维牢骚满腹,抱怨着我父母侵入了他的生活,如何不了解他的生活,他越说越激动竟然诅咒起神学院来——一个"反现实的新教徒避难所",带着浓浓的讽刺,他说了几个我不认识的人名,可能是他神学院里教授的名字。

那所神学院是美国最古老、最著名的神学院之一,位于纽约北侧,在那里可以俯瞰哈得逊河。对哈维来说,大学毕业后就能在这所神学院就职是一件非常荣耀的事,我父母亲就一直吹嘘了好几个月,可如今哈维对此像是十分鄙视。

我在等哈维说话,让我们一起下楼到我的车里取出行李,搬进他的公寓来——我匆忙间打的行李,一个背包和我的笔记本,但他好像没想到这点。我禁不住想他在等我自己灰心,然后离开。

这时我才看见:哈维的左耳受伤了,看上去伤势不轻,好像一半耳朵被咬掉了,上面满是难看的黑疥疮,藏在他散乱的头发下。

"哈维,你怎么了?我的上帝啊。"

"什么啊——哪儿?"哈维气恼地想对我的警告一笑了之,好像那是我的好奇癖似的。

"你的耳朵,这儿。"小心翼翼地我要摸一下那破损的耳朵,可哈维一把将我的手推开了。

"上帝啊,我的耳朵没事!"哈维土黄色的脸尴尬地变得通红。我记起来,哈维小时候举止规矩端正,如果我们姐妹中一个逗弄他稍长一会或想碰他一下,他都会突然发火。

我记得那个四肢修长的"好"孩子挥舞着他的拳头,踢着人。

他愤怒地转向我,从我踏进他的公寓起,这是哈维第一次真正看我。

"你怎么了?看上去有人打得你乌眼青,脸上都是瘀伤。你到底他妈的怎么了?"

我早把自己摔跤的事忘光了,脸多少有些麻木,不一跳跳地疼了。

"我——我有点小事故,我在楼梯上摔了一跤……"

哈维明显不相信我,我的解释甚至连自己听着都牵强。

"我没挨打。"

"我也没挨打。"

"但你的耳朵看上去残缺不全,耳垂的一部分不见了……"

哈维用手指很快地摸了下那满是伤疤的耳朵。"那也是个小事故。达戈错把我当成了别人。"

"那条可怕的狗?他袭击过你?"

"林德——那条狗的主人——也不怪他,林德不会伤害我,当时场面很混乱,发生了很多事,那条狗一时糊涂起来,这些事都发生在格林德公园。"

哈维揉了揉结痂的耳朵,这时我看见他小指尖也没了,在他的右手。

3

一夜过去了,然后又是个白天,接着又是一夜。哈维很绅士地把他的床给我用——这张床凹凸不平,满是臭气,铺着劣质的床单,一个枕头像是用棒球棍砸平了,当我向哈维要干净的床单时,他大笑起来说上帝啊,他妈的床单,只有把脏衣物拿到自动洗衣店才行。还能要求其他的吗?

带着脏衣物去自动洗衣店给他洗衣服,我想这可能是我哥哥一种奇怪方式的邀请吧，为了能多待段时间，我想这应该有些用。

当然，哈维永远都不会直接向我求助。

于是我开车去了最近的一家自动洗衣店，在半英里以外的卡姆顿大街上，洗衣店的附近有一家食品杂货店，在衣服清洗期间，我去了食杂店。

人行道上林德走过来，在阳光下看起来更高更野蛮，那个火红的纹身占据了他一半的脸，他的"细发辫"垂到背上。

"嗨，小家伙。怎么样啊？"

我尽量不去看他，装着没有认出他，但林德认出了我，并很清楚我是谁。

让人欣慰的是，林德没带着他那条拴着链子的牛头？看到他一个人，像个普通路人走在人行道上感觉有些奇怪。他用一种嘲讽嗔怪的口气说："你知道——你哥欠了某人一大笔钱，他和你说了，嗯？这个杂种欠的好像是六百八十美元。你会还钱，嗯？"

"我会还——为什么？"

"你哥说你来这儿是帮他的，你来这儿帮他再次好起来。他说他爱你。我妹妹是这个世界上我唯一爱的人。"

林德说得太夸张，像唱歌一样，让人难以置信，可他说话时带着一种真诚，让人愿意去相信。一时间，说话的人好像是哈维而不是林德：是那个年轻的理想主义者哈维，而不是如今这个颓废的哈维。

"是的，我也爱哈维。"

"那就对了，小妞！那对你俩都好。"

这个黑皮肤的男孩笑着靠近我脸的上方，突出的厚嘴唇咧了一下。他的眼睛也是突出的，像原始非洲雕刻中的眼睛。那个纹身看起来像画上的，很野蛮，像一幅毛利人的部落图腾，前重量级拳击冠军迈克·泰森曾将这种纹身纹到一侧的脸上。林德的呼气也是猛烈的、暴躁的，热气从他油腻的黑皮肤上冒出来。他穿着一件漂亮的小山羊皮外套，齐到膝盖处，半敞着，外套里面就穿了件小山羊皮的马甲，他还戴了条金项链。

我说我没有那么多钱，我说我和哥哥一样，还是个学生。

林德轻蔑地笑着说："你这样的年龄还是学生！呸！真他妈的倒霉透顶！你们两个都是，尤其是他。傻×才会相信你们是学生——学什么的？"

"我是个——研究生——学文化人类学的——"

"文化人类学——胡说八道！你哥说他要成为什么牧师，操，呸！他欠我们六百九十八美元啊，还老得涨呢——'利息'。他说你来这儿，会帮他的忙。"

"但我——我没有六百美元……"

事实上，我当然有六百美元，我有大约超过一千六百美元，在大学附近银行的账户上。

那是我的奖学金,或者说是部分奖学金,每月以分期付款的形式汇入指定账户,不是很多,但足以支付我每月的开销。我想哈维在神学院也会有这样的待遇,或者在他退学之前有过这样的待遇。

林德斜身靠过来好像他能读懂我的思想一样,我感觉到一阵眩晕,呼吸急促起来。我想他不能在目击者前伤害我。

可是——在卡姆顿大街上有"目击者"吗?车辆走走停停地开着,像不稳定的溪流——主要是厢式货车,卡车和公交车——零零散散有几个黑人在等公交——几个表情严肃的行人。在特伦顿的这部分地区,没人在闲逛:每个人都有任务,为了到某处去。如果林德威胁我或袭击我,会有人不厌其烦地朝我的方向瞟一眼吗?会有人关心吗?

他正冲着我大笑,好像我们之间有某种联系:像是过去我们彼此就认识,并且十分亲密。

那个毛利人的纹身:是怪异的凝固的奶酪色,像鲨鱼的牙齿般将他的半边脸围住了。

"他说你的名字是——莉德-洁?你会是我的朋友的,小妞——走着瞧,还清你哥哥的钱有很多方法,你我之间会想出好办法的,莉德-洁。"

这是些不祥之语,我没太听清楚。

我确实听见莉德-洁,哈维一定刚和林德说起过我,在我不知道的时候，告诉了林德我的名字。

林德伸出手来摸我的脸——用他的双手摩挲我的脸，他的动作像蛇一样快，我没时间躲闪。

他用长长的手指摩挲着我的脸，拇指按压着我的眼角。

"你是个漂亮女孩，你的眼睛有种蓝——像天空那种，但不是特伦顿的天空。"

林德说话中带着一种嘲讽的温柔，当他使劲向上拉我的头，让我伸直了脖子时，我只能静静地，轻轻地用脚尖站着，我屏住了呼吸。

他那张野蛮的、微笑的脸正靠近我——他的鼻孔宽大，黑紫色的嘴唇也很大。他的拇指在我眼角处加大了力量，我硬撑地让自己不害怕，我想他可能要挖出我的眼睛，他也可能会扭断我的脖子。他在控制着自己。

可林德俯下身来用牙齿咬住了我的下嘴唇。那不是一个吻——那是咬人的一口：对着我的下嘴唇就是快速的突然的下流的一口。

然后，突然放开了我。

当着我的面大笑起来，随后放开了我。

我感到眩晕，跌跌撞撞地跑开了，好不容易在手包里找到一块纸巾，按在我流血的嘴唇上。

一开始我不确定那是血，还是满嘴的唾液。

如果他感染了 HIV 或是 AID，我该怎么办？

我走掉了——街上像是没人注意到林德和我。

或者即使有人注意到了，也没干涉。

我正朝哪里走？像是一家杂货品商店——皮诺伊超市：一个角落里的商店，旁边是一个满是垃圾的小型停车场。

很可能林德在看着我，双手托着屁股，站在我身后，也可能他已经消失了。

杂货品商店！——食品店！实际上哈维的冰箱里已没食物了。我记得我父母嘱咐我为哈维买些东西，给他做饭，确定他能吃上饭……但我也得把自己喂饱。这是到特伦顿的第一天，现在已经接近中午，我已经饿得发狂了。

在这家看上去很旧，家庭式经营的小杂货店里，你能闻到地中海香料、生蒜瓣和黑橄榄的味道，我推着一辆摇晃的车子沿着很窄的、拥挤的货物架走着，架子上大多是罐头食品。忽然，不知从哪儿冒出个穿着醒目的女孩，大约十九岁，太妃糖一样颜色的皮肤，染过的橘子色的头发梳着"玉米垅"的发式，她走到我身边。一开始，我认为她是这家店的工作人员，但我看出她也是个顾客，或者说她是跟踪我走进来的。

"嗨，小妞——我看见你刚才和我表兄林德在说话。小妞，换成我，我才不会。"

"才不会——什么？"

"才不会和林德约会,和那种人走的太近是个错误,明白吗?林德可不是个普通的公民。"

那个女孩的笑带着一种讥讽,却很和蔼。她和我这一般身高,是个很漂亮的年轻女子,她比我胖些,涂着厚厚的深红色口红,眼睛化着浓妆像个说唱音乐碟片里的模特。

"小妞,你听见我说的没有?你看上去有点——迷糊。你要知道,我表兄林德可不是好惹的。"

"他——他是我哥哥的一个朋友……"

女孩大笑起来好像我说了什么风趣的话。

"小妞,他可不是哪个哥哥的朋友。相信我,妞,你最好远离他,你跑得越快越好,越远越好,记住我说的话。"

"谢谢,林德出现的时候,我会跑得越快越好,我保证。"

女孩大笑着,她介绍说她叫马罗兰娜,我打算继续购物,她紧跟在我身后。"在任何一家像这样的店里,买所谓的'新鲜食品'都没什么好下场,都是些不新鲜的东西,你明白吗?你买回家后,它们就变成棕色了。你可以买些罐装、瓶装食物,像这种冷冻的食物,不过你得检查下日期,他们把陈货放在前面,新货放在后面。在这样的地方买东西你得动动脑筋,他们会欺骗像你这样偶尔来的白人女孩,你们不是稳定的顾客。

我从马罗兰娜里感到一阵暖意,她看起来一点都不像她黑皮肤的表兄。她有种异国的情调,梳着美丽的"玉米垅"的发髻,有一双富有魅力的眼睛，这一点和他表兄倒是很像。她闻起来有股很浓的水果甜味——是润发脂？她的嘴看上去有些肿，好像被人猛烈地吻过，吮吸过。

她穿了几层衣服——一件紧身短袖黑色小T恤上又套了件长袖黑T恤，紧身的黑色裙子几乎盖不住她的臀部，裙子底下是黑色薄质高筒袜和齐膝的黑色皮靴。

我在那辆摇晃的购物车里放了几件商品：硬盒装的意大利面食、罐头装的"意大利面"酱汁、几盒麦片、一罐苹果酱、一夸脱装的酸奶、一盒维他命D—营养强化奶，还有几盒浓汤。在结账台前，我希望马罗兰娜走了，她却在等我，一边查看着自己的手机，她的头动了下，"玉米垅"的辫子形成了波浪。

"我最好送你到停车处，小妞，也许你顺路，经过格林德公园，我就是不想让人盯上你。"

4

为什么你在这儿？为什么住在这样的地方？

这些人对你做了什么？哈维，回答我！

但是哈维对我的问题不屑一顾，像是不注意自己周围的环境。他穿的衣服还是他在神学院时买的那几件，箱子里的书散落的到处都是，还有手写草稿的文件夹、笔记和影印文献。（文献里是我看不懂的语言——绝迹了的语言，例如阿拉姆语、雅典希腊语、通用希腊语、梵语和拉丁语。）哈维经常躲在自己的卧室里（一个肮脏的、他不允许我进入的房间，其实向里面瞟一眼就可以阻止我进去了。）他一直致力于翻译这些文献的某些部分或他的"私人"项目。

我想，这是令人欣慰的，哈维和他的学术工作还没脱节，他还没有完全放弃。

"当然我没放弃，我永远不会放弃。我只是休学阶段，仅此而已。"

"可是——是正式的休假吗？你的导师知道你在哪儿吗？你还在领奖学金吗？"

"我不接受任何质问，"哈维冷冷地说，"关心你自己的奖学金去吧。"

有几次，我求哈维给我讲些他正研究的东西，比如给我读一段圣经似的阿拉姆语，还要翻译一下，我从没听任何人说过这种语言。

"不，不可能。"

"但是为什么不呢？"

"我说过，不。"

"可是——我对阿拉姆语感兴趣，在希伯莱圣经的宇宙学中，我的研究中有埃维语文献，研究主题是'世界及第一位男人和女人的创造'——所有的'神圣的降生'——我都感兴趣，哈维。"

"你懂的不够，不会对我的项目'感兴趣'。"

哥哥冷冷地毫不留情地说着，可他对古代语言的了解已从他的脑袋里"渗漏"了，只翻译一段就必须花掉他之前几倍的时间，比他几年前的速度慢得多……有时他认不出一个词，查字典时却发现那是个常用词，一个他非常熟悉的词。

我劝他给我看他正翻译的影印版文献，当然那对我来说那是无法理解的，可是，像林德和马罗兰娜说话时音乐般的抑扬顿挫一样，那种语言对我来说是那么令人陶醉。

像有待解密的密码，像有待揭开的秘密。

我只想认识那被禁止的秘密，走近秘密。

哈维的公寓有个小屋，以前一定是小孩的房间，一间育儿室。

一间小屋，可以近距离地俯视荒凉的格林德公园，那里毒贩们和他们的顾客们光天化日下进行着毒品的交易，直到黄昏时分，他们那鬼鬼祟祟的、从未改变的身形才融入漆黑的夜。

"用这间房吧，没人用它。"哈维说，他已放弃了让我回去的想法。

我也暂时放弃了离开的打算。

因为我现在为哈维买菜，做饭，当然也是为我自己。

我发现自己可以在这样的新环境下工作，在新的地方打开熟悉的埃维语文献，摊开论文，翻译词典及草稿时，一阵奇特的喜悦传遍了我的全身。哈维的公寓没有网络，我只能将电脑当成打字机用，如果我想在互联网上查阅东西，只能带着笔记本电脑去格林德公园图书馆，那儿每周有三天在指定时间免费开放网络，我可以在那儿上网。

我打扫并清理了房间，有一张桌子可以当书桌用，还有另一张稍矮的，我用来摆东西。

噪音来自街道、卡姆顿大街和公园，这里的噪音没有你想象的那样令人心烦。在学校里，我楼下的公寓，楼梯上的人语声或近距离的音乐声都使我感到厌烦，它们像侵犯了我的隐私，我必须要集中精力做事。可在这里，在特伦顿，反倒是寂静成了扰乱人心的事了，因为在最刺耳的噪音之前往往总是寂静。

远处的枪声，我听到过不止一次。

林德和他的平脸朋友汀——我认为那是个无法想象的名字：汀——有时也不通知一下就来到我们的公寓楼，还有时带着马罗兰娜。

坐在窗边桌子旁，我看着外面发呆，忧心忡忡却出奇地平静。我虽然准备着书稿，却也不能解密它，如同我不能解密圣经般的阿拉姆语一样，更别说埃维语了。我盯着窗外，雨水击打着排水沟，水花四溅，渐渐地我产生了幻觉——打在斜坡式屋顶上的雨水溅起又坠落，汇集成一条喧闹的瀑布，水失去了它的透明，竟变成了血液。我在想哈维不能拯救我，我必须拯救我自己。

"救救我，莉蒂亚！我想——想——我需要帮助……"

哥哥的皮肤成了灰色，他的牙在不断地打颤。

他靠在我身上，四肢瘫软无力。他的牙齿出声地打着颤，像包在紧绷的皮肤里松散的骨头格格作响，我刚从格林德公园图书馆回来。——（一个只有几个赞助商承办的连锁图书馆，我坐在一张桌旁，那张桌子擦拭得很亮，好像最近几年都没怎么用过，图书管理员冲我微微一笑，她也是唯一的一名中年白人妇女。）——在他卧室地板上的一大堆床单和毛巾里，我找到了一条破旧的毯子，我帮他盖在身上，他躺在那张铺着笨重垫子的床上抖成了一团。在过去的十八小时里哈维变得恍惚和暴躁，当我从图书馆带着电脑笔记本回来敲门时，有几分钟他锁着门，我将耳朵贴在门上留意地听着，她们在吗？林德？马罗兰娜？——但最终哈维跌撞地走来打开门，只有他一个人，孤孤单单的一个人。我的哥哥，从前那个很高又有些书生气的人，如今矮了几英寸，瘦削的肩膀也是一个高一个低，头发乱蓬蓬的，他的呼吸更像汽油般难闻。我踉跄着将他扶进潮湿的卧室，帮他躺到湿冷的床上，我闻到股异味，好像有人来过这里，可除了股酸酸的刺鼻味道外，没什么其他人的痕迹，他们在吸食大麻吗？——我猜想着，一边甩温度计，我意外地在脏兮兮的下水槽上，发现了个受腐蚀了的药箱，在里面找到了温度计。我没什么急救的知识，但对生活中实用性的常识还有些了解，知道体温的陡然上升可能意味着感染，通常表现为痉挛性战栗。我把体温计甩了甩，让它恢复到华氏九十六度，然后插到哥哥的舌头下面，他的舌头白得像黏液，我固定好了温度计，哈维仍抖个不停。我读了读小红水银柱上的温度——华氏一百点二度，这不是很危险的高温，是不是？——我不太确定。哈维的身体摸上去很热，可四肢又湿又冷。我让他吃了双倍的泰诺（一种感冒药），又坚持让他喝下好多杯水，为了保证他不脱水。——如果他咳药了，一个可能的结果就是脱水和便秘。——漫长的整个夜晚，我一直守在他床边，在外面的一片噪音中，他断断续续地睡着。街上不断传来各种嘈杂声：汽车引擎声、关门声、叫喊声、酒醉的笑声，还有远处传来的如今已熟悉的枪声——单声枪响，不断的枪响，随后是警铃的尖啸，那呼啸声像发了疯的五彩纸屑震撼了整个夜空，夜空下是特伦顿这座将倾之城。公寓近处是格林德公园，那里活跃着人们的夜生活，更加密集的人群聚集在公园里，甚至超过了白天，虽然这一切都融在不见人的漆黑夜色中。我忽然对这一切感到一种荒唐的嫉妒和渴望，翻译埃维语手稿的工作进行得既艰辛又缓慢,如同我用鼻子推着一粒豆子穿过翘起的地板,我时刻战战兢兢,困窘不安,脊背几乎累断了,而我周围却是宝贵的、深不可测的生活,对我来说那既是未知的,也是难以名状的。那个白人女孩一定不会是一名稳定客户。

哈维在他的梦里呻吟着,伸胳膊踢腿,我在猜他嗑了什么药,林德卖给他什么了呢?——可卡因?——海洛因?——或是哈维没嗑药,只是个体感染,如今他体内毒素开始聚集发作?黎明时分,林德的前额摸上去不那么滚烫了,身上好像也不再发汗,而他的 T 恤和紧身内裤早被汗浸湿了,闻起来有股很重的体味。夜晚那些刺耳的、诱人的又深不可测的噪音如今渐渐消退了,包括警笛声,卡姆顿大街上的重型卡车的轰鸣预示着新的一天的开始。所有需要去急救室的,或是去墨色尔县的陈尸所的,或是去这座城市这个或那个拘留所的,如今都被接收或被收容。此时我在想,生活对于那些只是活着而不希望理解它的人来说是多么的简单,人们不期待去"解密",分类并解析生活,也不希望去获取一个近乎无懈可击的超-生活,那是精神生活而不是肉体生活的胜利。人们只需吸气,呼气。在回忆的惊奇和痛苦中,我的下嘴唇急速而猛烈地跳动着,可我并没有因痛苦而退缩。你会是我的朋友——你知道,有很多种方式还你哥哥欠的钱。

早上,哈维对昨晚的事没什么记忆,他古怪地笑了笑,好像他刚经历了场宿醉——"感觉有点莫名其妙。"

起居室一角的餐桌上，我给他放了一碗燕麦、一盒酸奶、一大罐牛奶和半个从品诺超市买的还没熟透的葡萄柚。哈维的嘴动了动，好像他不会说话了。他瞪着眼，眼睛红红的，光着脚，胡子也没刮，头发还散乱在脸上。他换掉了睡觉时被汗浸透了的内裤，没洗澡，就穿上了我给他洗好的，放入衣柜抽屉里的T恤和短裤。他嘟囔了一句话，听上去像谢谢你莉蒂亚，谢谢你救了我的命。

那间（相当脏的）洗手间里——有个（受腐蚀了的）药品箱——还有满是污垢的下水池、污秽的便池和脏兮兮的铺着油地毡的地板——我屏住呼吸，捏着鼻子用荷兰牌去污粉、稳洁牌清洗剂、破海绵和纸巾开始清扫，擦洗，我把地板擦得亮了起来。

他坦白说，他有毒瘾。

散落在公寓各个角落里的，都是些鬼影似的白塑料袋，上面印着书市的字样，这个我其实在第一次踏进公寓时就注意到了。

在特伦顿的市中心，州立大街上有一家二手书店，林德说，自从他第一次发现后，总在书市上搞"突袭"购买。

我当然注意到窗台上成堆的书，还有那些能利用的平面，都摆满了破旧的书——有些是硬壳的，很多是平装本；有些看起来被雨淋过，之后又被阳光晒干；有些标题是《希伯莱圣经中的神圣文本》,《以西结书的互文性》,《古代晚期的宗教史》,《希伯莱圣经的形成》。还有一些标题是《地狱的幻想》,《启示录的剖析》,《千禧年的宇宙》,《天堂与地狱之歌》,《耶稣是同性恋吗?》《耶稣之子》。这些书是最近购买的,为的是补充哈维研究的古老的学术文献,哈维将书成箱子地搬回格林德公园,甚至有些连包装还没拆。

毒瘾,哈维说,像病了一样。

(我没和哈维谈过,可我还是希望他和我坦白,说那不是毒瘾。)

哈维相信只有书籍能够拯救人类的困境。

人类的困境?

人类的命运。

我记得从我们的孩提时代起哈维总是在读书——写作。我的这个哥哥始终有种感觉,那就是他拿起的下一本书将会改变他的生活,可那本书总让他失望——或在某种程度上让他失望,比如圣经——他曾天真地相信上帝的话,直到他在大学开始学习希伯莱圣经的历史——那些课程之一曾狡猾的命名为圣经文学,可哈维仍相信圣经蕴藏着丰富的宝藏,等待着人们合理的解密。哈维始终相信,书籍不仅提供了世界的历史,还有助于增加个人生活的智慧,甚至,在某种情况下,如果他幸运的话,还能有助于他的阿拉姆语的翻译,所以他说,他总是逛二手书店,去找可能改变他生活的东西。

哈维说他在书市有个朋友，他在特伦顿唯一的真正的朋友。

哈维继续说书籍是人类文明的灵魂，一个文明没有书籍将失去灵魂，而所有重要的东西都已写成书，等待着人们的阅读。

文献越古老，就越接近真相的源头。

文献越新，就越远离真相的源头。

在过去的几十年中，自从因特网的来临，事件就变得越来越平淡、空泛和浅薄，哈维说，你能获得大量的信息，可过了五分钟却什么也想不起来，你需要费力地用你的大脑处理这些信息，可人类的大脑正在逐代退化，这就像朝一个真实的、暴露的脑袋泼水——大部分的水都流走了，只留下几个零星的小水坑，几个单词在里面漂浮着，就是这个样子。

哈维在讲话！只是他少了一部分耳朵、一根手指，最近他的右腿也好像比他的左腿短了。

一天，我驱车来到市区州立大道的书市。特伦顿真令人失望！我曾期待着一座有趣的古老的"历史"之城，拥有地标性的建筑、教堂——恰恰相反，市中心像经历了翻新，经过了敷衍的、随便的建筑设计，或根本没有设计，结果这里没有一座有趣的建筑，有的都是些实用的、毫无吸引力的临街店面，那是圆滑的、人工合成的，像廉价的舞台布景。州立大街2291号建筑处在城市中心的边缘，在一个还没有被推土机铲平的老建筑区：它的地下室，一层，二层，三层都堆满了书。

旧书、多次出售的书、破损的书、浸湿后又风干了的书，这是一座等待解密的、汇集了陌生人梦想的宝库。

书店里看上去好像是只有一个店员——一个三十多岁，比较年轻的男子，头发梳着小辫，后退的发际线和哈维的一样，金属边的眼镜也很像哥哥的。他很快过来和我打招呼，告诉我他的名字："维斯坦。"（"我的父母以W. H. 奥登为我命名，他们都是罗格斯大学英语专业的学生。只是我这个名字很奇怪，没人听说过。"）维斯坦下身穿着工装裤，裤子很低，卡在他的窄屁股上，上身穿着一件肥大的黑T恤，上面印着红字书市。像是什么东西在他的左耳处闪闪发光——一个小小的金质耳钉。

维斯坦盯着我，带着特有的微笑，他殷勤地跟在我后面，走过狭窄的一排排的书架，闲聊着。我有一种印象：他太孤单了，很可能几乎没什么顾客光临书市，更没几个像我一样——看上去像个名牌大学的研究生，白皮肤。当维斯坦问我的身份时，他没因我的回答而沮丧，脸上是一副已习惯了被拒绝的神情。他稍微改变了策略，聊起了别的话题。他向我吹嘘说他的职责之一就是梳理这些"书馆遗产"——地下室里堆积着的成箱的书籍——他"转移"那些上乘的书——第一版或作者的签名书，如卡尔·桑德堡、艾德娜·圣·文森特·米莱、格伦维·韦斯各特、伊萨克·阿西莫夫、赛珍珠和 H·L·门肯的书。有一次，他发现了《傻子国外旅行记》的第一版，上面带个潦草的签名——勉强能辨认出是"马克·吐温"。

"你卖了吗？"我问到，维斯坦惊恐地哼的一声说，"卖掉？上帝啊，不！那是我个人收藏的珍宝。"

接着他又用很低的声音说，"另一个珍宝是——雷蒙德·钱德勒的《湖上艳尸》。"

"真的吗？那绝对也是收藏者的必藏项，你从哪儿得到的？"

维斯坦狡猾地笑了，摆了摆自己的手指暗示他——可能是——偷来的。

"噢，可是——从哪儿呢？"我尽量不表现出惊讶或反对。

"在特里贝克有个'神秘的书店'，得到这些珍贵的书可不容易，而且第一版的书决不会放在敞开的货架子上的，然而——还是有办法的，如果你真是个爱书人士并且是内行的话。"

我在想为什么维斯坦要告诉我这些对他影响并不好的事情？我也在琢磨那些事的真实性。

我还在想维斯坦会怎样利用他的收藏，他的栖身之所如果是这座破旧的特伦顿城周围的什么地方，是否真正安全呢？

"我实际上和我的收藏品睡在一起，"维斯坦说，好像他读懂了我的思想。"那些珍贵的书籍都在我床边的一个小书箱里，我系了些线绳和小铃铛在上面,如果有人想拿走任何一本书这些装置就会报警。"

"但当你白天离开时,该怎么办呢?"

维斯坦皱了皱眉,"当我离开时,它们就不再是焦点了,就成了背景,一想到这儿我就分心,可我在窗上加了锁,还有螺栓,甚至公寓门上也有双层锁。"

过了会儿,他又说,"如果可以的话,哪天你可以去看看我的收藏。"

对这个令人惊讶的建议,我一时间真的想不出任何礼貌的回答。

我担心维斯坦的雇主会偷听到他的话,他的声音是尖而刺耳的,可维斯坦还是抑制不住吹嘘,并且一直在逗我笑。

接着,他试着劝我和他一起去地下室——"去看一看'书籍的摩索拉斯陵墓。'"——但我拒绝了,不是因为我害怕维斯坦,而是害怕那种地方的闷塞。维斯坦带着火一般的热情,向我描述如何在地下室的某些地方("不总是干的")爬过地板,或在成堆的纸壳箱上爬过,费力地向上爬。他在眼角的余光里见过的鬼影的晃动,听到过低语和笑声,他甚至闻到过头油的味道,他说那来自"另一个区域",可他坚定地说,他"并没有屈从于"那些鬼影,他不"相信"鬼魂的存在——"你呢?"

"不!这是个多么蠢的问题。"

"是啊。我们一样都是理性主义者，都相信只有这一个世界。"

维斯坦笨手笨脚，又是多么可爱啊！他让我想起我的哥哥，当他还是那么甜蜜，那么有魅力的时候，而不是现在对我这么嘲讽和刻薄，那时他是——一位罕见的人。

我看出来维斯坦被我所吸引，他看我的眼神很有趣。

可能他注意到我肿胀的下嘴唇，一副被咬并充血的样子。

维斯坦很殷勤地帮我拿着我从宗教/人类学的书架上选出来的书。（是玛格丽特·米德、格雷戈里·贝特森和克里夫德·格尔茨鲜为人知的作品，商业封皮上印着富有挑战性的题目：《图腾》、《非洲的禁忌与母子仪式》和《弑子的文化历史》，还有脏兮兮的大众市场上的平装货，包括给哈维的《克尔凯郭尔》、《黑格尔》、《无信仰》和《禁戒和否认：圣经的外传》还有半打过期的《早期基督教研究杂志》。）我每挑一本书，维斯坦就对我"卓越的品味"大加赞赏。我，一个神秘的年轻白种女人，很明显受过良好的教育，在一个工作日的早晨，进入了这家破败的不知从哪儿冒出来的二手书店，对维斯坦来说，他既感动又笨手笨脚的，就像被迫抱着一个过大的沙滩球一样，既不能传给另一个人，也不能放到一边。在迷糊的时光中，我沿着书店的架子走着，感觉着哈维说过的话——在这成千上万的书中，会有一本特殊的书，它将和我亲蜜的讲话并改变我的生活——但它在哪儿呢？

或者有可能，我已经买到了。

最后我告诉维斯坦我不得不走了。

"这么快？你还没看第三层呢！——科幻小说，黑色幻想曲，诗歌，妇女研究，男同性恋与女同性恋，新时代。"

"谢谢，可我必须走了。"

"地下室！那座'书籍的摩索拉斯陵'中有很多不为人知的宝藏……"

"谢谢，维斯坦，可不是今天。"

"那么，下次吧！别食言哦。"

很明显没有其他人在店里，只有维斯坦帮我在收银台结算，他殷切地待在我身旁，忽略了另一个人——一位男性顾客，他逛进来，又漫步出去，没买什么东西。

我这一大捧珍贵的平装书花费了三十二美元九十八美分，这一次，我用现金支付了，维斯坦想让我给他住址，这样他就可以寄送书店的活动事项和打折通知了——"这是针对受欢迎客户的一项服务。"

当我怀疑地看着他时，他说，"通常我们对受欢迎的客户有百分之十的折扣。"

但我还是默默地摇了摇头，不。

不，谢谢。

"那么一个电子邮件也可以。"

可我谨慎起来。不,谢谢!

维斯坦很殷勤地为我开了门,我得从他伸出手的地方通过,我能闻到他特殊的气味——书尘,干纸尘,还有长长的、孤寂的下午逐渐进入黑夜的味道。忽然,他带着种探询的笑容问我是否认识哈维·谢尔顿?——我很快摇了摇头,不。

"你让我想起哈维,可能是眼睛周围像,还有鼻子——你们俩都有一种'贵族的'鼻子。"

我的心猛烈地跳动着,为什么我这样警觉?我不知道,好像我要听到深刻的、不可挽回的诉说,可我不知道自己是否准备好了。

带着一副遗憾的表情,维斯坦说:"哈维是我见过的最出色的人,可我并不了解他,从来不,他能读懂所有'古代'那些疯狂的语言,他正翻译圣经里的东西,认为那将'改变'世界。他五月份刚搬到特伦顿的时候,常常一周内光顾我们的店两三次,买很多书——便宜的平装书,但都是不错的选择。他说他是个'神学院的学生'——正'休假'一学期。可最近大约五周的时间,我没见到他,还真有点想他。我为他留了一些不错的旧书,可有一天,一位以前在店里见过哈维,经常在这儿闲逛的顾客说,哈维已经去世了——就在上周,我真的很吃惊。"

"死了?怎么死的?"

"在特伦顿,几乎没人在乎死的方式,死亡只是来了。"

"可是——到底是怎样回事呢?"

"不太清楚,可能是嗑药过量了,或是贩毒子索要哈维欠下的钱。"

5

经常我回家的时候,公寓里空荡荡的。

一副被洗劫了的样子。

烟草的味道,或是大麻的味道。独特的无法说出的味道。

慢慢地我走向哈维的卧室,然后是洗手间——希望我不会发现他瘫倒在地板上。

在公寓后面那间小小的育儿室里——我书桌下的一小片影子让我震惊,我惊慌得大叫起来。

"哦!"——即使我看清楚了,那儿什么都没有。

想着没人在乎方式,它只是——来了。

还有哪些人住在格林德 11 号,这个外部翻新的英国都铎式公寓里呢?

哈维连一个邻居也不认识,除了一对住在他楼下,上了年纪的白人老夫妇。其他居民都不是常住者,他们更像是一支流动人口大军，有时他们中的一些还带着年幼的孩子。他们大多是黑皮肤的，零星的有几个"白人"——偶尔当我们在门厅或楼梯上遇见时，这些"白人"也会避开我们的目光。我在哈维这儿刚住了几天，公寓的第三层就出现了紧急的医疗事件：那时警笛轰鸣着，人们大声地说着话，楼梯上的脚步纷乱嘈杂，还传来一个女人吓坏了的尖叫声，人们大声地喊着，指挥着，哭喊声不断。哈维不让我开门："你并不想知道，莉蒂亚，我想我也是。"

住在哈维下面的一楼的一对白人老年夫妇，像是很少离开自己的公寓，他们的姓氏是鲍姆加登。他们是那么的安静，即使经历了这座公寓的喧嚣、嘈杂和纷乱，我开始担心他们的安危——"要是他们已过世，却没人知道，怎么办？我们该不该去瞧瞧他们？"——哈维皱着眉头说："不，那可不是什么好主意。"

一次，我真的去敲了包姆加登家的门，1B号。敲了很久，门开了个小缝，露出一只没有睫毛的裸眼，出现在大约我下巴高度的位置，狐疑地盯着我。

怎么了？你想要什么？——一种怀疑的轻轻的嗓音质疑着。

我想不出怎么回答——没事！我对您毫无所求，只是——某种迹象表明您是——您不——您不健在了。

但我并不能说出这么荒谬的话，我不能说出任何让人信服的或一半合理的话，最终我只是结结巴巴地说了句"对不起！很抱歉打扰你，我想我找错了地方……"

门关上了,从里面插上了。

我再没见过包姆加登夫妇。

我带到特伦顿的作业之一是为一本比较薄的书做校对,书的名字是《净化仪式:母亲、婴儿和禁忌》,这看上去像是一本博士论文,作者是加州大学伯克利分校一名研究人类学的年轻助教。

我感到一种竞争的激动和嫉妒!

可是,我决定在我的审核中要做到完全公平和明断,在我没有资格批评的地方,我绝不会评判,我会以赞赏为主。

受到那本知名《宗教人类学杂志》的邀请,我为这部书写一个简短的,500字的评论,我感到骄傲和自以为然的荣耀,这种杂志通常由业界精英撰写评论,编辑能让我这样的学生写评论实属罕见,我很年轻,没有博士学位,又没出过书。这一杂志的编辑在哥伦比亚大学九月份的一次会议上听我读过一篇论文,于是寄给我一份稿子让我写评论,这确实出乎我的意料。但更让我吃惊的是我的论文导师A教授的反应:他没觉得这有什么了不起,只是酸酸地警告我说不要把精力"浪费"在短暂的工作上,在我职业生涯中的这个阶段,完成一篇内容充实的论文才是最重要的。

我感到失望和受伤，那是我生命中灰暗的部分。我将成功的消息告诉给他人，本以为会打动他们，或让他们为我感到骄傲，可他们的反应竟是完全反感的，这是我不能预料的。

禁忌这个词频繁地出现在人类学研究中，所以了解这个词的含义很有必要。

但我们只能了解他人的禁忌，可以静下心来解构它；我们自己的、私人的禁忌却被隐藏起来，那如同我们大脑的沟回一样不为人所知。

我的课题涉及很多古代生育/母性仪式的文献，在这些文献中，没有父亲的形象——没有父亲的神性——只有怀孕的女性、生产的女性、女性和婴儿、女性"幽灵"（"恶魔"?）。

古代描写双胞胎的文稿数量一定与双胞胎出生的数量不匹配，这个谜题有待研究，在这种文化中，双胞胎很可能是"神圣双胞胎"——如果他们不是"恶魔双胞胎"的话。不同文化和地区都对这一话题着迷，包括现在的非洲——众多的仪式有很多相似之处，但让人无法解释的是，有些仪式像是相互矛盾和抵触。

一些双胞胎是"神圣的"，受人爱戴的；一些双胞胎则是"恶魔般的"，在出生时就被杀死。在文献中，圆月很重要，分娩的种类也很重要——当然不管是否极度血腥。（如果母亲在生产中死去，"神圣"双胞胎会由部落养大，而"恶魔"双胞胎则被立即处决，并不得与母亲葬在一起。）可这些问题都充满了疑问和含混，翻译与此相关的手稿也很具挑战性，某些词语在翻译后可能是它们通常的含义，也可能是相反的意思，总有些关键词让译者感到迷惑，比如弑婴并不被算作谋杀，反而是"仪式性净化"。A 教授针对埃维语文献中的谜题和悖论写过很多文章，那些埃维语文献可追溯到公元 700 年，当时则保留了更加古老和久远的语词和语段，到公元 700 年时其实已经绝迹了，因此人们并不清楚文献的作者究竟通过它们表达些什么。A 教授将他职业中期的大部分时间都花费在这个悖论性的课题上，并试图向我解释哪儿更重要。实际上，A 教授和其他翻译者和学者陷入了和平的争执中，因为他认为这些文献一直没有被充分而翔实地翻译——（不洁的）婴儿不是被谋杀，而是从某种文学的意义上"被净化了"。有个埃维语的词——sRjAApuna——可以被翻译成"清洗"——"根除"——"净化"——"消灭"（非常少见）。有些神圣药膏、洗浴和护身符的秘方都用于"净化"——或"保护"——刚生产完的母亲，她们像如今所有的母亲一样，极容易患上致命感染，只是古代人不知道什么是细菌感染，母亲们经常在生产中死去，那是一段非常"不洁"的时期。总之，禁忌神秘地存在着：某种（从未提及的）对圣母的共识，她是某种和善恶魔的化身，脖子上戴着装饰性的头骨。

研究埃维语文献时，我有时感觉自己能清晰地体会作者手稿的意图，好像作者不是古代的作家——男性，大多情况下不是女性——有着相似的灵魂，可当我第二天坐下来工作时，我又感觉自己完全不明白了，那些晦涩难解的、禁用的词汇从来不是我任何努力能够解密的。

从和 A 教授的谈话中我知道他并不喜欢文献翻译中带有任何这方面的暗示——将仪式性净化当作仪式性谋杀——仪式性弑婴，我知道这点，可我希望最终能够有足够的勇气坚持自己的解读。

我多么希望能够研究尼阿美手稿——古代时著名的文献，其中描写了"神圣的三位一体"的建立：天父上帝，圣母上帝与圣子上帝。总之，对曾经居住在津巴布韦大部分地区的尼阿美人来说，上帝不是单个人，不是怪物之主，而是一个家庭。

（没有圣女上帝，这很糟糕，可上帝——家庭这一概念听上去让人感觉不错，令人羡慕。）

一次我对 A 教授说："为什么原始生活的仪式如此重要？仪式又是什么呢？" A 教授说，好像在他的职业生涯中，他回答过很多遍这个问题，"仪式排除了机会与侥幸，机会的独创性和错误。仪式是重复，重复变得'神圣'。和我们一样，我们的祖先也知道不能信任'机会'，我们做事必须有动机，即使在毫无缘由的情况下。"

我知道我说错话了：我不该用原始这个词。

但当我想为这个不正确的、弄错年代的用词礼貌道歉时，A

教授像早已密谋好了似的说，"嗯，让我们坦诚点说，莉蒂亚，即使今天，仍有'原始人群'——'土著居民'，世界的很多地方——非洲大陆，当然——南非除外——都是原始的。巫师医生在人们的头骨上钻空以驱魔，比罗马天主教的驱魔仪式还残忍，可当病人死去时，人们会认为是魔鬼杀死了他，而不是巫师医生。"

我犹豫地说："'弑婴'——是影响最大的禁忌，可动物们也这样做，我们知道——在进化过程中，我的意思是，动物母亲会杀死'一窝幼仔中最弱小的'，或让它自生自灭——或让它的兄弟姐妹吃掉它——因为她不能照看它，她的太多的力气都将在一件注定失败的事情上被浪费掉。"我并不打算说浪费但已经来不及收回了。

A 教授惊讶地盯着我，现在我真的说错话了。

达尔文的进化理论在 A 教授的研究领域可不怎么受欢迎，因为这个简单的，不断重复的法则——不惜一切的生存本能和繁殖下一代的本能——超过了任何一种更复杂的，需要一生去研究的学术理论。假如弑婴不再是仪式性的禁忌，而是——动物和人类生活中的常见之事，那又会怎样呢？神秘而晦涩的文献，美丽但绝迹的语言，人用几十年的努力去定义一个词和词组——翻译的精确性就那么重要吗？如果每个仪式都将个人进化的优点作为基本要素来考虑，无论是单个人还是整个物种，那又将会怎样呢？

A教授冷冷地说："我认为，莉蒂亚——那是你的名字，对吧？莉蒂亚？——能够忠实于你的文献那是再英明不过的了。一个词一个词的，一行一行的，一段一段的——作为一个负责的译者，你应像在悬崖上走钢丝一样谨慎。所有的——对其他科学的活力源泉的思考——对人类学家来说都是可恶的，人类学家注重的是事实。

你不能忤逆背叛我，你是个被俘虏被奴役的女儿。

在格林德公园，在我临时搭建的书桌旁，我正苦苦思考着埃维语文献，好像我从没见过一样。开始时我还受到这一挑战的鼓舞——如果我翻译得还不错的话，A教授会大加赞赏，我的译作很可能会在一家知名杂志发表，这样的发表对我刚起步的事业有着不可估量的影响。A教授实际上已给了我这份礼物——但如今，我非常不负责地想把它撕成碎片——这些影印文献，可那样做又有什么好处呢？A教授托付给我的是十六页"神圣"文献的影印件，原件从古代起竟奇迹般地被保存下来，如今在大学图书馆里，保存在视为圣地的特殊收藏区里。

我想个体死去了，生活持续着。文献复印件被毁掉了，另一个会接替上来——和我们一样。

6

里面有人语声,我不可能弄错。

可当我转动门把手时,门却是锁着的。

"哈维?是——我……"

人语声继续着,有时被笑声打断,还有阵断断续续的狗叫声——达戈?

"……是莉蒂亚,让我进去好吗?"

我敲着门,继续敲,用拳头砸,跟着是一阵狂躁的狗叫声。我想我有这个权利,他不能将我置之门外。我现在也住在这里。

我更清楚地知道如果门开了,那条斗牛?会扑向我,没人能阻止他。

我仍在大厅等着,我把耳朵贴在门上,我想我听到了哈维的声音——低沉的、不清晰的声音,我确信我听到了林德的声音,还有另外一个男性的声音。

很可能,是一位女性的声音,马罗兰娜?

我双手捧着成袋的食品和杂货,这是我在几英里以外的特伦顿郊区北部的一个名为"购物中心"的地方买的,不是在品诺超市,在"购物中心"有"新鲜的"货物,食物总体的质量更好一些,可出乎意料的是,价钱反而比卡姆顿大街的街角超市更便宜些。

我再次敲了敲门,现在狗叫声已变得歇斯底里,他们一定知道是谁在敲门,是谁想进去,但没人来开门,也没人和我说话。

我回到停车的地方,把食物和杂货放进车的后备厢,然后徒步走向那座小图书馆,我窘迫不堪,一直在那里等到书馆关门。

他背叛了我,我的哥哥,他爱的是陌生人。

还有一次我在书房正研究埃维语的翻译,哈维走到门口告诉我,他要关上我的门,在任何情况下我都不能打开——"有人要来这儿,如果他看见你,他会起疑心。如果他感到怀疑的话,事情会很麻烦,会有危险,不但对我,对你也是。"

"危险?什么——"

"没时间吵了,不要开门就是了。"

"可——谁要来呢?发生了什么?"

"他妈的,莉蒂亚,我警告过你——别开门就行。"

哈维的眼睛看上去被灰蒙住了,笑的时候,牙齿也不齐全了。一夜之间,我对一些奇怪的插曲我浑然无知,他的一颗门牙像是缺少了下半部分。哥哥笑的时候,或扮鬼脸时,像个万圣节里发狂的南瓜。他的面部总是焦躁不安地抽搐着,我分不清他是在咧嘴笑还是在做鬼脸。

"待在屋里,会没事的。他要来了,也会走的。一切都会好的。记住不要开门,不要露脸。"

哈维关上门了,我听见他在拖什么东西,一件很重的家具,顶在门上,不让我开门。

我立刻冲向门口,试着扭门把手,我推不开门,我被困住了。

很快传来人进入公寓的声音:一个男人的嗓音,不是我认识的嗓音。又一个嗓音,还是个男人的,同样认不出来。

哈维的声音低低的,听不清他在说什么。

无论这场交易是什么,它持续的时间不超过十五分钟。在这段时间里,我在绝望中筹划着:如果他们杀死了哈维,我绝不要困在这儿。我可以向窗外喊叫。我可以从窗户爬到屋顶上。我不会死在这儿。不是和哈维一起死在这儿。

我听从了父母亲对我的指派,和哈维住在一起七周的时间了。

的确,我为哥哥买菜,为他准备饭菜,他有时吃,或只吃一点,这其中有意想不到的乐趣——只是为另一个人准备饭菜这样简单的事:为带另一个人快乐,在接下去的几分钟内准备点饭菜,不然的话,我与这个世界的联系就完全是抽象的了。

现在我很少想到 A 教授或在纽克姆学院里我的房间,那里的房屋管理员一定认为我没通知任何人便在研究生学院退学了。

每天早上我都发誓要重建我在学校的一切,哪怕打个电话或发个电子邮件,只因为我非常害怕我分期付款式的奖学金被终止了。

但每天晚上,我又忘记了。

哈维现在好像不太讨厌我了,他像是已经接受我走入了他的生活。

他秘密的生活,我从没完全了解——即使很明显我知道那种秘密的生活是什么。

哈维开始经常和我说心里话,那时他眼睛里灰蒙蒙的东西不见了,洁净了很多。他的嗓音也不再夹杂着痰液,清亮了。他牙齿间的缝隙一时间也看不见了。

他坚持说自己还没有放弃神学院,他只是某种形式的——休假。

他也没有放弃他的学术研究,如果我听见他在自己的房间里嘀咕,那是他在说阿拉姆语——自言自语。

"很明显,一位懂六门语言的学者比只知道三门或四门的要更有资质,一位懂十六门语言的学者比懂六门的更胜任。如今对于专业人士来说,只深入了解一种文化是行不通的——这是当今的形势。"

哈维说如果他的梵语知识还处在原来的水平,他就不能继续研究了，但他从未学过古代马其顿时代的知识，对迈锡尼语也只知些皮毛。

他的声音颤抖着，我看见他眼前闪烁着一种疯狂，像座海市蜃楼——你懂的语言永远不够，你对任何事物的了解都远远不够，你会感到泄气和挫败，你会为了避免羞耻而放弃生活。

哈维继续说着，问题是他的脑袋最终像一片干涸的土地裂开了，当他描述他裂开的大脑时，你甚至能看到地面上的裂痕。

这种裂痕大约十八个月前就开始了，带着那颗裂开的脑袋，他竭尽全力坚持着，最终连他的处方药也失灵了。他不得不搬到特伦顿，在这里有"一些人"他可以认识——"来救我的命"。

在我来之前的一周里，哈维在大街上突然倒下，被救护车送往当地的急救室，医生发现他当时"严重脱水"，为了避免肾脏衰竭，医生将他收治在医院，给他静脉输液。可在他住院的第三天里，他拔掉了胳膊上的输液管从医院里溜了出来，逃回了格林德公园。

你是个吸毒者吗？——我禁不住问，你是个有毒瘾的人吗？

他需要专业的治疗，我告诉他，如果他同意的话，我可以帮助他。

"治疗？太晚了。"

"医院，戒毒康复中心——"

"康复中心？太晚了。"

哈维嗤笑着,接着又大笑起来。他的眼睛,我一直认为是清澈而灵动的,如今像被什么蒙蔽了。

我大胆地问:"到底是——到底怎么了,哈维?我希望你能告诉我。"

"没什么好说的,除了我一直在康复,你眼前的我正在康复。"

哈维公寓里的空气封闭着,不新鲜。我跌撞着走出来,在我停靠路边的车里坐了一会,我感到震惊和眩晕,直到几个黑帮似的男孩子从格林德公园走来,围在车周围。他们敲着车窗,咧嘴笑着,接着又大笑,他们说着话——(脏话?)——我把脸扭过去了,无法破译那些话。

最终他们游荡着离开了。夜幕降临,他们的客户也开始到来。很可能我在林德的保护之下,他们知道这点,他们会尊重这点:我是林德的白人女友之一,在他的安全保护下。

这是哈维的秘密,最后说出来:他正在写诗。

"诗歌?你?"

雕琢诗歌,感觉就像用自己的指甲凿石头。

(说这话时,哈维举起他的手盯着看他参差不齐的破裂的指甲。他右手的小手指只剩了一截残肢。)

对他突然的宣布我不知该说什么，我认为写诗是一项勇敢的、鲁莽的又毫无意义的事，比这稍具意义的是对已绝迹语言的学术性研究。我无法想象自愿从事写诗这一项毫无意义的事。

写诗当然是不幸的，尤其在美国这个地方，这里的街头语诗歌，流行文化诗歌与财经诗歌才是受尊崇的。

"我能看看几首你写的诗吗，哈维？求你了。"

这是我们的一次晚饭时间，当哈维同意吃饭或能吃一些时，我们的晚餐大多数时候包括意大利面食和（罐装的）土豆泥，我又加了洋葱、新鲜的番茄和调味品——牛至、罗勒和红辣椒。有一次我们的饭是炒蛋，或近似于煎蛋的东西，我还在其中添加了炒洋葱、红辣椒和蘑菇。如果哈维心情好，他会吃得很多。（可怜的哈维正消瘦下来，他的手露着大骨节，好像皮肤缩水了，紧紧地裹在他竹枝节般的骨头上。）心情好时，他甚至会表扬我，那时我的心有一股暖流涌动——我多么渴望被表扬和被爱！（虽然哈维可能会弄错我的名字，把"莉蒂亚"和我们姐妹中的另一个搞混，在我们成长的过程中，他们一直比较亲密。）

情绪低落时，哈维不吃饭，即使他想吃，也会变得恶心，呕吐。（甚至更糟。）情绪低落时，他会焦躁不安，坐不下来，总是在公寓里各个缺乏新鲜空气的房间里走来走去，一个人自言自语——阿拉姆语？（也可能是梵语或是迈锡尼语，但这是我知道的全部语言了。）他一会儿不由自主地走到窗前向外张望，或看看下面的街道；一会儿又走到门口，打开门向走廊瞧瞧；每次他的手机响起，他便跳起来去接听。每次外面街上或楼梯上一有什么动静，他的脸便开始抽搐，整个人变得坐卧不宁，像是经受着剧烈的折磨。

如果哈维的电话来电，他会用压低的声音说话，我听不见通话内容。很快他会离开公寓，直到很晚才会回来。如果我拨打他随身带的电话，我的手机会直接转向语音留言，此时我的心忽然觉得空落落的。

但当哈维心情好时，他会和我说说写诗的事——他"决定"成为一名诗人。

晚饭时，他喝了两三杯红酒，吃了些辣的意大利面酱和面食。他又开始向我吐露心声："诗歌不是陈词而是声音，诗歌是音乐。"

还有："诗人是通过声音，和心灵沟通的人。"

我请哈维为我读一两首他的诗歌，他忽然变得害羞起来，无论哈维怎样变化，当他开始思考时——他会变得固执和阴郁。

"你不会理解的，你是个'知识分子'。"

我想抗议道你才是个知识分子！我只是个模仿者。

"我的诗没有一首写完，我头脑里有成百上千的碎片——像苍蝇的翅膀一样闪现，继而稍纵即逝。诗歌是我们对社会的愚蠢所进行的复仇。诗歌是美的但却是伤人的，像呼呼作响的刀锋。"

我已经很多年没有听过哈维这么激情地说话了。只有一次，他用这样的语气谈论着上帝。

哈维用一种克制的语调隐藏着情感，他背诵道："'黎明－黄昏－露珠'。夜－晚。月亮的领地。菱形的光芒。"他停了下，出声地喘着气，好像我亲爱的哥哥将他的衬衫撕开，裸露出了他的胸膛和跳动的心脏给我看。

我有一种非常想大笑的冲动，菱形的光芒！问那光芒可能意味着什么肯定是徒劳的，因为哈维会说，诗歌本身并没有什么意思。

哈维说，"'黎明－黄昏－露珠'中梦幻般的元音很吸引人，我还把那个美丽的词汇断成了两个扬扬格——'夜－晚'。注意那个拉长的声音'月亮的'，还有个较刺耳的鼻音'a'在'领域'里。"

我告诉哈维那非常——有趣。

"一首诗就是纯粹的声音，这对诗来说就是——灵魂。

哈维停了停，闭上了眼睛。在不远处的传来一阵噪音，像是烟花爆炸了，也可能是枪声，但这都没有分散他的注意力。"平整的－冻雨－天空－脱落。"

"非常－惊人。"

"'紧握拳头的屎。'"

看见我吃惊的反应，哈维笑了，感到很高兴。

"事实上,这是我单句的完整诗,一个俳句,这个标题就说出了所有——'2012年美国的自画像。'——'紧握拳头的屎。'"

这个"俳句"让我精神一振,哈维背诵时带着强烈的气势,其中绝不只是音乐性,而是包含着深层次意义的。

"哈维,这个写的妙,三个扬扬格,不是吗?"

"基本上是,'紧握拳头'和'屎'是三个扬扬格——'的'字要轻读,如果你读正确了,这首诗会体现出它(非蓄意的)的含义:'紧握拳头的屎。'你会注意到强有力的'我'在不断重复着。"

哈维现在睁大了眼睛,粗鲁地瞪着我,好像他在我中学女生似的热情下发现了一些勉强的和欺骗性的东西。

"你还有其他诗吗?我想——"

"我认为,不是你喜欢的那种。"

哈维的脸又绷紧了,将一切隐藏了起来。几秒钟过后,好像那位打电话的人在有意地等待着,他的手机响了,他摇摇晃晃地到另一个屋去接了。

于是,吃饭的时间被打断了。

重重的敲门声,是林德、汀和马罗兰娜。

哈维急忙让他们进来，用压低了的声音让我去洗几个玻璃的平底杯，他要给他们倒酒。

"莉蒂亚正做饭，你们要留下来吗？和我们一起吃饭吗？"

林德笑了笑，耸了下肩，好像他在帮我们的忙。汀皱了皱眉，盯着地板，好像深受感动。马罗兰娜高兴地说："哦，谢谢你，哈－维！我们当然愿意。"

马罗兰娜一定要在炉旁给我帮忙煮意大利面，在放面进滤锅前看看它们是不是筋道。厨房很狭窄，马罗兰娜和我说说笑笑地闲聊着，好像我们是老朋友或姐妹一样。有几次她像是无意间轻轻地碰到了我，像只站直了打着呼噜的大猫。

男人们围坐在桌旁喝酒，他们喝起葡萄酒来好像那是啤酒或软饮料。林德狂野的长发辫散落在他窄窄的满是肌肉的后背上，他脸上毛利人刺青在紫黑色的皮肤衬托下泛着白光。汀，平脸，小眼，有点亚洲人的模样，长得很结实，他坐在椅子摇摇晃晃，弄得椅子嘎吱作响。林德嘲笑着他，"你个胖驴，小心点，别把人家的漂亮椅子弄坏了。"这是林德式的幽默，汀坐的那把椅子是个二手货，是乙烯基塑料的，很脏，当然不漂亮。

汀嘟囔了一句听上去像操的话，他的平脸充血黑了下来。

哈维像被我们的客人弄得不知所措，他们的光临使这个索然无味的家有了生气。林德很神气，像个魅力十足的说唱歌星，马罗兰娜也像个漂亮的歌手，那歌手的名字我一直不知道该怎样发音——碧昂丝。甚至汀，这个相貌平平、腼腆害羞，长着一张像小老虎钳般小嘴的家伙，都很奇怪地散发一种独特的吸引人的味道。在这些活生生的人的衬托下，我感到我和哈维就像两个白皮肤的鬼。

马罗兰娜端着盛着冒着热气的食物来到桌前，狡猾地用她的腿蹭着哈维的胳膊。

她穿着金银锦缎的裤子，裤子太紧了，像是把金银水泼到她身上，直接凸显出她具有曲线美的屁股、肚子和双腿。在她苗条的躯干上，穿着件黑色套头衫，她刚进门时外面穿一件人造狐狸皮的夹克衫，头上是齐肩的玉米垄发式，头发微微颤动着像滑溜溜的小蛇一般。

面对着这些不速之客，我有些紧张，但能为他们做饭我感到很兴奋。哥哥哈维，现在就是我全部的家人了，以一种直接的方式给别人带来快乐使我感到幸福。

林德、汀和马罗兰娜食欲都很好，在购物中心我买了一条法式面包，他们几个分成几大块，蘸上意大利面酱，狼吞虎咽地吃光了。

"非常棒，莉德佳！"

"非常棒，小妞！"

马罗兰娜好像稍微有点吃惊，我做的饭菜很好吃。

他们吃着，喝着酒。在一阵幸福的眩晕中，哈维给他们的平脚杯斟满了葡萄酒。平脸的汀从不说话，只是嘟哝着，下巴像一只咀嚼的昆虫一样不断地蠕动着。

晚餐过后，马罗兰娜帮我收拾，冲刷漂洗盘子。"对你哥哥，你可是个真正的姐妹，莉德佳，林德注意到这点了。"

马罗兰娜是什么意思，我不知道。她富有异国风情的眼睛盯着我，我感到呼吸有些困难。

马罗兰娜独特的香水味，在她的头发和黑罩衫领口的凹陷处飘来荡去，一道深深的乳沟很惹人注目。

"问题是，小妞，你哥哥和林德有很深的纠葛，为林德做这么丰盛的饭菜是件好事，他很有心，尽管他的敌人们说他是石头般的冷血杀手。"

马罗兰娜说话的声音足以让林德偷听到，如果他想听的话。刚在他一直靠在椅子里面，忽然用力一放双腿，使劲儿地踢了下地板。"闭上你的嘴，莉娜，或是让人帮你闭上，明白？"

马罗兰娜咯咯地笑着，抖动着。她对我说："那个说话的男孩，不会被任何和他有血亲的人打动，他知道那会给他带来什么。"

林德冷笑着，"你确信，妞？"

马罗兰娜大胆地说，"我不是刚刚说过吗？"

现在桌子清理出来，林德建议大家玩扑克牌——其实只是他、汀和哈维。

林德动作夸张地挥舞着一副扑克牌,并像个职业选手一样慢慢地洗着牌。

我看出哈维想说好的,可他知道他该说不。

哈维拽了拽自己残缺不全的耳朵,那只耳朵恢复得很慢,经常很痒。

"汀?你加入,嗯?"

汀面无表情地点点头。

"哈一维,玩吗?"

哈维木讷地摇摇头,他满是胡碴的脸浮现出一撇傻笑。

马罗兰娜对我说,"他们正在为去亚特兰大城做准备,他们想去那儿大战一把。"她咯咯地笑着,用她的手指摸了一把她表哥油乎乎的辫子,那对我来说有些大胆和挑逗的意味,林德扇了一下她的手,马罗兰娜笑着跑开了。林德盯着我看,没有笑容。我有点吃惊——(我想是这样的)——马罗兰娜悄悄地把胳膊滑到我腰的位置,紧紧地搂着我的腰。"我的女朋友莉德佳和我要去她房间听些疯狂的酷音乐去了。你们小伙子要对主人好一点啊,听见没有?"

马罗兰娜将我带出起居室,朝卧室走去,这对我来说很奇怪,马罗兰娜好像对我哥哥的公寓很熟悉。在我们身后我听见哈维低低的声音:"什么——赌注?我们还赌钱的吗?问题是,林德——我手头没那么多现金,你可能知道的。"

"废话,我当然知道。这是我和汀的好办法,我们想给你赚大钱的机会,让从你那深坑里爬出来。懂吗?"

马罗兰娜使劲儿地把我拉开了,我没试图反抗,也没让人感觉是强迫的。

第二天,哈维直到中午了还怠惰地躺在床上。

他输了——哦,上帝啊!——输钱给了那些家伙们。

多少,我问。

太多了,哈维说。

多少,请告诉我。

哈维用胳膊挡住脸,颤抖着,他像要继续对我说什么,可我却听到了他短促的、不规则的呼吸声,这表明他又睡着了。

我所知道的是午夜以后马罗兰娜回家了,我半裸地躺在床上听着另一个屋里的笑声、说话声和咒骂声就睡着了,这三个男人则一直在玩扑克,喝酒,(只是可能)抽着大麻。

这几乎就是家庭生活。

他们不会伤害家人——是不是?

情况对我来说很严重。很快,林德就会来要债。

那绝不是一段手指残根，一块耳朵的事了。

在我银行账户里有一千三百美元，我会写一张支票，支取一半的数额给哈维——如果他答应我他不会花在其他地方，而是给林德。

"当然，"哈维急切地说。

"但是——你发誓？你会把这个给林德？

哈维很坚持，是的。

我不相信哈维，但在这件事上我想我并没什么选择。

在我的房间里，这里也是我的书房，我们听马罗兰娜苹果手机里的音乐。那热情的舞曲在我听来像是拉丁舞的节拍，马罗兰娜说那是那座岛国的说唱歌曲，拉丁美洲的多米尼加，她出生和被带离的地方——被她妈妈——在她五岁的时候。马罗兰娜对我说了很多悄悄话，我却听不懂。我被她迷住了，她低沉的、温暖的和悦耳的声音，浓郁的、温暖的和散发香味的皮肤，马罗兰娜的眼睛，马罗兰娜的鼻子，马罗兰娜的嘴带着红酒的味道正亲吻着我，她把她的平脚杯凑向我的嘴，催我喝酒。红酒是坚果味的、甜甜的，一种黑色的——坚果味的—甜蜜让我的嘴里麻木了，头骨里面也是，当马罗兰娜亲我的前额，我的鼻子，我的嘴时。马罗兰娜亲了我怕痒的脖子，我无助又气喘吁吁地来回扭着，躺在沙发上，哈维和我将这沙发拽进了房间，现在它成了我的床，这张很脏又严重凹陷的沙发是你在垃圾桶后面见过的，被扔掉的那种，我在上面遮了张毯子，看不见污渍和经年累月的严重磨损了。马罗兰娜尖着嗓子忽然想阻止我睡着，摇晃着我的肩膀，她爪子上的指甲陷进了我的皮肤——"嗨，小妞！莉德-佳！醒一醒！"——她的声音很急促，惊慌；我想她给我吃了些什么，一些毒品，但这种想法像一根柔弱的稻草无法将我从昏睡中叫醒。

后来，也许就是几分钟后，或是午夜时分，在特伦顿没有真正的"夜晚"，只是一种视觉上的黑暗，充满了虫洞似的光，这种黑暗不断地被"啪啪"的尖锐的敲击声打破，好像灵魂脱离了扭曲着的身体。带着毛利人面具的这个家伙，满是头油，梳着刺鼻气味的长发辫，他的辫子散落在他满是肌肉的背上，马罗兰娜推着他，他推着马罗兰娜，不不不她在恳求他，或许她在笑着恳求，因为你不能对林德说不不不，不是那种严肃的不不不，忽然传来沙发弹簧的吱嘎声，林德粗糙的手指摸索着我的身体，像一只饥饿的老鼠，那些手指在我的双腿之间戳着，在我无助的双腿之间，那些硬硬的探子似的手指抓着、掐着、挤着，戳着。我虚弱地想要躲开，我说着一种绝迹的语言，在梦中抗议着。林德嘟嘟囔囔，晃着双腿上了沙发，劈开了我的双腿。马罗兰娜现在一定昏倒在门口，或是已经到了门外，她回过头喊道他妈的猪！那个女孩对你来说太白了——你会弄断了她白色的细脖子蠢猪你会后悔的。

早上时我的脖子疼——我的脊柱、后腰和大腿的内侧都疼，我的双腿间擦得红肿疼痛，好像一只贪吃的老鼠正用门牙咬我——但我的脖子没断，我的记忆是模糊的，我在不断地回想，不断地安慰着自己。你不能记住，无论发生了什么或没发生什么，都在记忆裂痕的那一侧，你都无法穿越。很快我发现了哈维，他急促的呼吸和苍白的皮肤让人忧心，第一眼看去他像是死了，被他的牌友们扔到了他乱糟糟的床上，我设法将他从神智不清的和令人窒息的睡梦中叫醒，他却大骂我，极力要回到那梦中，真让人心疼。哦，上帝啊！——他回想起的第一件事就是，他输了更多的钱。我问他，多少钱，你输给他们多少钱？他说，太多。然后他说，别问了，你不会想知道。

7

他变得越发矮了，个头矬了。臂弯处有一道深深的伤口，愈合的很慢。他说是急救中护士给他静脉注射时在他胳膊上扎的，已经感染了。

在哈维的一个破旧不堪的日历上，我看见一连串的红 x，还有少数的蓝 x。

我问他红色的 x 是什么意思，他耸了耸肩，不关你的事。

我问他蓝色的 x 是什么意思，哈维说，那是戒毒所。

但蓝色的 x 只是零星地分布在一个月里，红色的 x 却是一周好几次。

变嗨了？——红色应是心情好时。

蓝色？——是心情低落时。

我告诉哈维，请让我带你去戒毒所，你必须在那儿进行系统治疗，你不能再错过了。

(哈维是自己在试图戒掉毒瘾吗？或是哈维还有其他的病症，他正在治疗？我从他不经意的话中知道他在医院输液——他的白血球计数"低"，并且他贫血。)

我监督哥哥喝水，一天好几杯。

"你不吃，不喝，不睡，有脱水的危险，要照顾好自己。"

"脱——水——"

哈维琢磨着这个词，像在舌头上品尝着它，但他对它的味道不感兴趣。

"哈维，你会死的。"

"哈维，你会死的。"哈维怀疑地思量着这句话。"它不押韵，也不会飞扬，这些元音发出一种无聊的焦虑与担心，一种嘲讽式的担心。不是因为这个虚构的'哈维'要死了，而是会死去。这是所有我们活着的人必须面对的事实——会死去。"

哈维对我的话像是并不在意，只是心不在焉地揉着他残缺不全的耳朵,当他摩挲它时,它会发热。

"'地狱有几层'——我昨晚忽然想起了这句话,夜晚时,注意那个短'a'的音,元音是一条细绳,词是被穿起来的,我想是这样的。我认为这是我的发现,但它可能会随着我一起消亡。"哈维笑着,挠着他发烫的耳朵。

接近中午时,我发现哈维不再以严肃的方式和我说话了,我们又这样过了一天。我还研究着埃维语的翻译,实际上,我对此早已失去信心,只是勤奋地甚至痴迷地工作着。没有信仰对我来说也不是什么可怕的命运,如果换成另一种命运可能更糟。

在公寓里有些奇怪的慢悠悠飘荡着的臭味。

每一天,新的臭味都从细小的枯朽和腐败开始,我想是那台古老的冰箱在作怪,可即使我清洗刷擦了冰箱的内部,臭味依然存在。每当我离开公寓再回来,例如去小图书馆工作一会儿,气味总是有些轻微的不同,好像空气在我离开时被搅动起来了,尤其在我离开的那段时间里。公寓本身可能留有来访者的痕迹——重新摆了的椅子,书箱子从一个地方被挪到了另一个地方。哈维伸开手脚躺在起居室的一张小沙发上,他的膝上摊着一本笔记本,像个重大灾难的逃难者——地震和洪水。

在哈维的鼻子上,永远都有晶莹的汗珠。

他是个瘾君子,你当然知道,瘾君子没有羞耻感。

哈维用一种迷茫的声音说,好像在自言自语:"蒙田在三十八岁的时候发现死亡是轻松的,无所谓的——他从自己的马上被甩出去,又被踩伤了。他没感觉到'另一个世界'——没有上帝,没有救世主。他当然是个天主教徒——每个人在当时,16世纪的法国,都是天主教徒。蒙田认为生活是漫长的旅程,而死亡是轻松的。"

"蒙田是怎么知道这点的?"我恼怒地问道,"他是死了,然后又活过来写下的那段经历吗?"

"他几乎快死了,接近死亡,根据他的描述,他的'灵魂'从他的肉体中溜出来,有段时间,他从他受伤的身体中游离出来。"

"我们所有的人都有过那种经历,"我说,"那叫梦境。"

"莉德佳!你开车载我们去亚特兰大城,好不好?"

回答不知怎的成了——好的。

对马罗兰娜说不出不。沉浸在马罗兰娜满满的温暖里,当她说莉德佳是我的女朋友时,我感到那么幸福,连诗句都无法表达的那种幸福。

还有马罗兰娜的女朋友萨拉曼,另一个女朋友梅赛德丝。

马罗兰娜来到我们公寓,还带着她的表兄林德,我有些失落。当马罗兰娜和平脸的汀开玩笑时,我因嫉妒而感到恶心。

有时，我盼望马罗兰娜和她的女朋友们来这里，还有另一些男人，我对那些人的脸慢慢熟悉起来，虽然我不知道他们的名字或他们究竟是谁——我哥哥生活边缘上的一些模糊人物，对我来说，哈维在受这些人压榨还是通过某种秘密方式正压榨着他们，我不得而知。

那些晚上哈维总是急匆匆地推我进后屋——"为了你的安全考虑，莉蒂亚。"

可不管怎样，还是发生了，我要开车带着马罗兰娜、萨拉曼和梅萨德丝去亚特兰大城。

能开车送她们去，我感到很荣幸，做她们白皮肤的女朋友。

哈维勉强挤出一丝笑容，哈维可能在嫉妒。

他刻薄地说，"她们会把你的血放干，小妹，我事先警告你。"

我可不这么认为，马罗兰娜是我的女朋友。

难道马罗兰娜没给我她的手机号，并嘱咐我给她打电话，在一天的任何时候，包括晚上，如果我需要帮助的话。

被哄骗着，我开着车，载着马罗兰娜和她的朋友们去亚特兰大城，并"借给"她们钱——我从我的大学账户里支取的剩余的大部分钱。

亚特兰大城的赌场-酒店有——特朗普泰姬陵、巴利、哈拉斯、热带花园和波尔加塔——这所人造的奢侈的波尔加塔赌场是我朋友们喜欢的,演戏船和里约公园赌场是她们鄙视的,她们说那是"慢－滚筒式"的赌场——"是给那些老家伙准备的,她们坐着公交车来,还有一些坐着轮椅乘公交车来的。"

我们先从老虎机开始,这是低赌注低成本的赌博,可还带着某种高潮和悬念,至少对那些期待会赢的人来说是这样的。

拉动一下杠杆机器就启动了,卡通水果的标识飞速地在我眼前旋转,可这一切对我来说毫无意义,只是带着种孩子气的放纵。或许这就是马罗兰娜、萨拉曼和梅萨德丝的相近之处,她们都穿得像热带大鸟一样,穿着紧身的闪闪发光的衣服、高跟鞋和黑色的蕾丝袜。马罗兰娜的耳朵和左眉处都戴着银饰物;萨拉曼染着黑红色的头发,脸上和其他地方都戴着穿刺物,她暗示说,那些都在衣服底下;梅萨德丝,她们三个当中最小的,既有文身又戴着穿环,有些是看得见的,有些是看不见的,她也是最吵闹的,尖叫起来像鹦鹉笑。梅萨德丝穿着一双齐膝的金光闪闪的高跟鞋,走起路来摇摇晃晃,她不得不出示自己的身份证给安保人员看,一个假冒的身份证(我保管着),可那个疲惫的安保人员,早已被这些女孩迷住,根本没仔细查看。

几分钟之内,我就在老虎机上输了价值36美元的赌币。根本不是什么令人吃惊的事!

我想着A教授和我打招呼,带着那双严肃的、憎恶的眼睛。

莉蒂亚?——那是你的名字吗?

当有人在老虎机上赢钱时——（经常的，不是赢大钱的时候）——机器会突然亮起来，亮得人头晕眼花，音乐也歇斯底里地响起来庆祝，赌币像忽然经历了一阵呕吐的痉挛，从机器嘴里涌出来，那个幸运的赢钱者迅速用纸杯接住。

这样的目的是引起人们羡慕，让其他人来玩老虎机，想象着他们也可能赚大钱。

我这些过节似的伙伴们从一个机器换到另一个机器碰着运气，没有任何技巧——只是毫无头脑的碰运气。三个人中，萨拉曼还真的赢了 18 美元。

"妞，你今晚会赢大钱。这是个好的预兆（造）！"

在从特伦顿开车来这儿的路上，马罗兰娜和她的朋友一直兴奋地谈论着一个 21 点纸牌的发牌员乔治，那是她们在特伦顿的老乡，女孩们在这儿的一大群发牌员里找那个乔治。但好像没人听说过乔治——"可能他不是在今晚工作，真他妈的倒霉，但你得明白男人有休息的时间，是不是？"——马罗兰娜这样推理着，她的大部分时间都习惯和她的女朋友说话，背对着我，好像已经忘了我的存在。这些高音调的、小鸟般的谈话对我来说就像外语中的感叹词一样，在赌场的一片噪音中我几乎什么也听不见。

为什么我会在这儿？为什么？和这些衣着华丽的年轻女人在一起，她们太妃糖色的皮肤在赌场迷狂的灯光下不由自主地吸引着陌生人的注意——为什么我也在这儿？

当我穿着唯一的、也是最好的衣服——黑尼龙宽松弹力长裤、樱桃色的天鹅绒上衣和低跟软底女便鞋离开公寓时,哈维冲我可怜地笑了笑。当我上了公园州立帕克维大道并向亚特兰大开来时,马罗兰娜开玩笑似的用木梳、发针和发胶来"梳理"我的头发,但结果是更吓人而不是更迷人。

"她真的很漂亮,"女孩们相互间这样谈论我,好像我不在场或不能理解她们的话一样,"女孩只有多笑,才能表明她性感。"

假如 A 教授现在看见我,我和我的女朋友在亚特兰大城!一想到这,一种深深的耻辱和难以置信让我感到脸红。

(A 教授最近给我发了一封电子邮件,我还没有打开,更别说回复了。纽克姆奖学金项目的负责人给我发了几封电子邮件,我也没有打开。我那分期付款的奖学金,本应存放在学校的银行里,也出现了问题……所有这些事都在远处悬而未决,像呆板的新泽西夜晚里赌场的灯一样耀眼,闪烁。闭上你的眼睛,这些灯就消失了。)

艳丽的马罗兰娜、萨拉曼和梅萨德丝是那一小撮围着 21 点纸牌桌的疯狂人群的一小部分,这是张"惹火"的桌吗?这里的玩家在赢钱吗?发牌者不是乔治,可看上去他黑色的发光的眼睛滑到了马罗兰娜、萨拉曼和梅萨德丝身上,带着某种热情的相识感。他是西班牙人的浅肤色,梳着一撇小胡子,穿着紧身的时髦衣服,带着一副诡秘的令人困惑的表情。他简直就是一个有预定程序的发牌机器人,一系列的动作那么机械,又是令人惊奇的简单。他的手洗牌,他的手发牌,他的手横扫牌桌并收回牌,这些动作的间隙你的命运就被决定了:赢或输。

这些女孩很热情,满怀希望。当然,她们一直在喝酒,喝起酒来像过节似的,她们的衣服和头发都透着热情,不像她们白皮肤的女朋友莉蒂亚,总想警告她们庄家总是赢的,这是赌场赌博的目的。

如果我用这样的警告破坏了她们的兴致,她们一定不那么喜欢我了,马罗兰娜也不会飞扑到这么死气沉沉、无聊的人身上给她的嘴来一个湿湿的吻。

然而,几分钟之内,女孩们一直输钱给发牌人,珍贵的五美元的赌币,被那个带小胡子的西班牙发牌者收走了。的确有种期待——(可能我也这样觉得)——至少,是幼稚的希望——作为极其漂亮"性感"的女孩,即使不承认,也和那位21点纸牌的发牌员有某种默契,她们比那些普通的玩家更有机会赢钱,那些人大都是些面容疲倦,下颌赘肉的白人中年男子。

在亚特兰大城,如果不是在别处,一定会有某种特殊的回馈给那些长的像马罗兰娜、萨拉曼和梅萨德丝的人。

"你和我们一起玩,莉德佳!来嘛,小妞!我们必须要翻本,不能输成这样就回家!"——她们拉扯着我的衣袖。

"我可不这么想,"结结巴巴地,我说,"21点不是我的——

游戏，"可她们嘲笑我，不是很友好的那种，但我想，就像嘲笑一个正发怒的亲戚，她拖着一条瘫痪的腿，让你也走不快，或是一个爱犯错的盲人亲戚。"我们会还钱给你的，莉德佳——早在我们回家之前，但你得帮我们。"

于是我和她们一起站在21点牌桌前，我是个犹豫的玩家，注定得输，可在老虎机旁我的失败还不是那么惨重。21点是展示者的游戏——你得期待着赢钱，或你的本能反应是保持沉默，拿回你的赌币，当众输掉赌注——有些难。

但我们还是输钱，又一次输钱。

"操！"——现在马罗兰娜的声音不那么动听了，而是平淡的带着鼻音的新泽西腔。

当我们从输钱的21点牌桌上下来时，那位发牌员在身后连看也没看我们一眼，两个闹哄哄的喝醉酒的夫妇挤进来，急不可待地替代了我们的位置。

我们于是突然离开了经典的伯格塔，我的同伴大骂它糟透了！屎一般的地方。她们经过了双骰子赌、轮盘赌和巴卡拉纸牌赌——这些赌牌让她们害怕，即使是21点的发牌员都要动动脑筋，可我的伙伴们却以为赌博是赢钱的机会。

我们将星期五晚上余下的时间打发在大西洋和泰姬陵王牌赌场，在这种较低俗的氛围中，她们感到更舒服——人群更年轻些，穿得更随便，没多少钱挥霍，倒是有更聒噪、更粗俗和更显眼的饮酒者。尽管它占据了浮桥酒吧的中心位置，泰姬陵王牌的破败却一览无余。(著名的大西洋赌场本身也是破败不堪：流浪汉睡在长椅上和门口处，想抵御来自大西洋的冷风，其中一些人看上去一动不动，他们是僵直冰冷的，裹在肮脏的毯子里像木乃伊，梅萨蒂丝紧张地咯咯地笑了一下——他们不会是尸体吧，会吗?) 炫目的灯光缭绕的赌场里来来往往的男人们被这些女孩吸引，给她们买酒，为她们"出资"，于是她们可以继续赌博。

我意识到，这才是来亚特兰大城的目的，她们以前做过这种旅行，她们以前就在这里"赌"过。夜晚的奖品便是可以自由支配的钱，可以说，像树上熟透的果子一样，被女孩们任意摘取着。

我不介意被排除在外，只是在旁边看着，我像个年长的女伴，虽然比我的朋友们大不了多少，我从自己黑色的手提包里，与女孩们拿的那种很小的、闪亮亮的晚包完全不同，拿出半打埃维语手稿的打印版来读，或努力地读着，尽管昏暗的光线让一切看起来像在海底下似的。

弑婴，仪式化的清洗，不是反婴儿的行为，而是一种绝望的自我生存的行为，不是主动，而是本能的。

我想情况一定是这样的，在上帝带着他对人类道德行为的禁令到来以前，在很久很久以前的那段时间里，情况一定是这样的。

可是在文献的其他部分，作者的意思就不那么清晰了，我看到这份古老的文献中包含着另一份秘密的文献，这个表面上的文献只是外层事物，真相隐藏在底下。

"小妞！把那破东西扔了——这是亚特兰大城的星期五晚上，不是什么狗屁破烂学校教室。"

马罗兰娜和萨拉曼看见我眯着眼睛看书稿，就"啪"的一巴掌把书稿打落了。

几个小时过去了，赌场里的人开始多了起来，到处走动的男人们围在我们周围像离群的雄性动物，一些人主动给我们买酒和晚餐。我的伙伴们或冷冰冰地拒绝，或热情的接受。她们依据什么样的原则，我不得而知，也无法决定，因为身边所有的男人对我来说，看上去都是一样的迷人，或一样的不迷人。

然而，我是多么兴奋啊！竟不知道自己身居何处。

酒精进入了我的脑袋，我不知道哪个男人给我买了什么酒——伏特加？我听见自己高兴地笑着。

"你是这些女孩的——老师？但是你来这儿做什么呢？在亚特兰大城周五的晚上？"

在泰姬陵王牌赌场我的朋友们再次回到了21点牌桌，那时是晚上10：20。

我和她们被其他的玩家隔开了，我只能看到她们的后背——她们的后脑勺，我感到一阵恐慌——我会失去她们，她们也会失去我。我要对她们负责吗?开车载她们来亚特兰大城?因为现在每个女孩都有个男伴,给她们买酒,借给她们宝贝似的赌币。我在想林德会怎样看待他性感的表妹的行为呢?我想林德不会赞同的,他会让达哥(他那条狗)去咬任何一个对她下手的捕食性男人。

我不嫉妒(我不这么认为),我也不羡慕,很可能我开始担心马罗兰娜、萨拉曼和梅萨德丝,因为按照我们的计划,当晚我要开车把她们送回特伦顿。

为什么我会在这儿?这是什么地方?疯狂的音乐在旋转,频频闪烁的灯光,让人心跳加速的尖叫和笑声。不远处,疯狂的老虎机忽然传来胜利消息——四射的闪光、行进的乐曲和赌币。你一定会想是谁赢了——他/她赚大钱了,或者更可能是赚了些小钱。

大多数赢的钱都是小额的,刚够开动机器。

事实上,大多数的玩家都是输钱的,否则,赌场如何运营呢?

我从特伦顿的一家报纸上得知大多数亚特兰大的赌场旅店,像那些更知名的拉斯维加斯旅馆一样,都曾有过萧条的年月,他们损失了大量的资金,几家已经提出破产申请。那知名的泰姬陵王牌和大西洋的地标性建筑,都已负债累累。

可晚会仍在继续,欢乐仍在继续。赌徒并不认为赌场是个商业公司并且正在利用他们的天真，输赢其实绝非他们命运的事。我很清醒地意识到每个白天和每个晚上彼此没什么区别，在没有窗户的赌场里没有悬挂任何钟表。人们坐在老虎机和21点牌桌前，一动不动地盯着他们即刻的、转瞬即逝的命运，他们像地狱里着了魔的鬼魂——没什么能把他们从恍惚的状态中叫醒过来，除了一次偶然的赢钱。毫不夸张的是很多老年人，挂着拐杖或助行器，走路都很吃力，却毅然决然地玩着老虎机——扳下遥控杆，透过双光眼镜，盯着旋转的水果标；还有很多非裔美国人，这对我来说很吃惊，甚至还有很多亚裔美国人，又是件让人吃惊的事。

真是个笑话！哥哥和我将所剩的青春时光浪费在研究晦涩难懂的"宗教"课题上，我们能想象出有人会对那感兴趣吗？我们会对我们的文化——一种热衷赌博，痴迷于赚大钱的文化——有所贡献吗？

她们从我手指间打掉的书稿页散落在我脚下的地板上，我的手指摸索着却捡不起来，地狱有几层？——这个问题径自进入我的脑海。

我已经喝了一杯——我又开始了另一杯——我的脑袋糊涂了，酒喝起来味道是不同的。

不知怎么的，和梅萨德丝喝了一杯酒，她带着她的男性-朋友来见我——不如说是带个男性-朋友给我。他的脸像蛤蜊的脸

——如果蛤蜊有脸的话——还有一副染黑后贴上去的小胡子。他剩余的头发也是染黑的，故意梳得遮住他凹凸不平的头皮。

"有人说——你是这些女孩的老师？是哪种课呢，莉德佳，你现在教的？"很搞笑的是，蛤蜊脸的男子竟开心地笑起来，我看见他嘴里有个亮闪闪的突出物，那是他臼齿上的金属螺丝帽。

这个男人，梅萨德丝的朋友，想要护送我去什么地方——21点纸牌桌？还是去附近的酒吧？——我却极力地将手臂从他的手中挣脱，他张口骂了我。我乘着电梯，向上升去——挣脱了蛤蜊脸——泰姬陵王牌里的气流很大，我感觉发梢在微风中飘起——在电梯的顶部有个空地和一圈黄铜围栏，你可以站着俯视泰姬陵内部的结构，在这里看去，"泰姬陵王牌"像一个损坏了的印度舞台，听说它是由一位粗鄙的美国企业家想象设计出来的。

我想要个麦克风！我想让所有的人都听到我的讲话！我从围栏探出身子，挥舞着双臂像个发狂的信号机。

"'地狱有几层'！柏拉图说那是错觉的面纱！错觉的洞穴！谬见！赌场是洞穴！你们一定要清醒——要拯救你们的灵魂！"

一位安保人员很快走过来将我拉走，下面乱哄哄的赌场里没人听见我的话——没有人会费神抬头看我一眼——除了关心我的朋友们——马罗兰娜和萨拉曼紧跟着我上了电梯。

马罗兰娜对安保说："嗨，兄弟，她只是在开玩笑，她没醉，并不是我们所有人都能经受住这样的刺激，其实——她大部分时间待在特伦顿。我们会照顾好我们的女朋友的,是不是?"

安保是个高个子,六英尺以上,他穿着一套贴身的手套似的制服,非常适合他肌肉发达的身材,他的脸上棱角不明显,他的皮肤是黑天鹅绒般,和林德的一样。我想让他友善地看着我,或者至少不是带着公开的敌意看着我,可他完全忽视了我,以一种低低的男中音和恼怒的腔调在和我的伙伴们说话:

"她醉了,你认为我看不出来你的朋友醉了?让她远离高处!不要理会她说的废话,再者没人听见,明白吗?"

"谢谢,哥们!真的很感谢!"

萨拉曼几乎带着向往说:"嗨!你真是个甜蜜的酷酷的帅哥。"

"我开车。小妞,你在后座上睡觉。"

马罗兰娜语气坚定地说,她比我喝的还多,可她还是竭力"清醒起来"——她宣布——要喝两杯黑咖啡。

咖啡!单是这想法就让我反胃。

马罗兰娜和萨拉曼扶我爬进马自达的后座,那乙烯基的座垫是冰凉凉的。我喝了多少杯?——没超过两三杯。

可我还是感觉——不好,"真的"不好。

我感到迷糊,就像从楼梯上一直往下掉——那所大楼叫什么名字来着——不是杰斯特学院——而是另一个地方——我的纽克姆奖学金为我提供的地方——我的鞋跟卡在楼梯破旧的地毯上,我向下俯冲去，俯冲去……

你好？你没事吧？让我帮你……

"她怎么样，你认为？她不适应喝酒或不适应熬夜。"

"她对什么都非常不适应。"

她们在笑我，不是那种残酷的笑而是带有关爱的笑。

或者有可能，是略带奚落的笑。现在我的钱包里连一张纸币都没了。

"她很可怜，嗯？她就是不明白。"

"林德，他喜欢她，好吧，他说，这个白人妞将是他的女人，他们之间的事情理清了。"

"那是什么意思——'他们之间的事情理清了'？"

"操，我怎么知道？林德又不是我表兄，他只是常在我叔叔家附近出没的一个男孩，我们一起长大的。"

她们一起大笑起来，不知道为什么。

在我无助时嘲笑我，她们真的很刻薄。

在颠簸的车里，在冰凉的乙烯基的座垫上，我一直用尽全力想保持清醒，可我还是睡着了，我还在努力向一群嗡嗡的人群解释有多少层——不管怎样。

有个人丢了：只有我们这三个在车里超速飞驰在花园州立帕克维公路上，在没有星星的深夜，穿过空旷而荒凉的像个煤渣墙似的新泽西乡下。鲁莽的梅萨德丝决定在赌场再多待一会儿——

她和一个要用他的捷豹载她回家的人熟络起来,或者可能他会为她在伯格塔赌场租个房间或是套房。

马罗兰娜愤怒并反对着:"那个女孩!她会因此而后悔的!她在这个年纪,还不知道他妈的如何驾驭男人,那个像臭尿一样的白人老傻瓜!你等着瞧,她会后悔的!"

"她爸爸,会他妈的非常不高兴。操!我不想和他打交道。"

现在我开始担心,梅萨德丝没和我们一起回来,作为她们的"老师",我应该因为她的缺席受责备。

如果梅萨德丝发生些事,我会受责备。

我努力想算出那晚我损失了多少钱——我赌掉的赌币,我送掉的或是"借出的"——每次我计算这个数目都非常困难。

当然有五百美元那么多,有六百美元?

接下来我知道的就是,我被马罗兰娜摇醒了——"莉德佳!醒醒小姐,你到家了。"

这部车根本没被抢劫,我朋友们中的一个用手机给我的家属打电话,到格林德公园接她们。

是哈维扶我上楼梯的,他既担心又生气说了些我无法破译的话,他责备着我,骂着我,用阿拉姆语,这个我知道。

8

在公寓里有股令人作呕的味道,很臭。

无论我何时出去，又回来，和外面的空气对比——（甚至和新泽西州特伦顿污染了的"室外空气"相比）——气味都异常强烈。我一踏进我哥哥的公寓就感到头晕，什么东西死在这儿了，老鼠，墙里的老鼠……

我总是很震惊：哥哥以前超过六英尺，现在却和我一般高，和我一样瘦。我用胳膊挽着他的腰帮他走路，哈维一开始很抗拒，讽刺的是，接下来便不再抗议了。他的脊柱摸起来松垮垮的，像他皮肤下的理智一般。

哈维憎恨医院，憎恨戒毒所。在医院里他必须得呈交"血样"——从动脉抽出两小管血样，他的动脉已经变得越发干瘪，很难扎进去。

在胳膊、腿，甚至在脚上，都有动脉，除非你认为只有在哈维的胳膊上才有动脉。

在从亚特兰大城接下去的日子里，我等待着梅萨德丝爸爸的愤怒，我担心什么事情发生在这个鲁莽的女孩身上，我会因此受责备。我担心发生什么事情，我再也见不到我的朋友了，但我忍不住给马罗兰娜的手机打电话，我像是事先就知道我的朋友没兴趣听见我的声音，如果我报了身份，她会用她小鸟般的活泼明快的嗓音说谁？你是谁？对不起你拨错号了。

一定是因为我爱哥哥，这也是我为什么在这儿的原因。

特伦顿州立大道上令人压抑的医院，距离书市不远，但我们今天没时间去书市。

福利院，家政服务中心，特伦顿援助中心。当铺和保释金借贷中心这些地方夹杂在每条街上空荡的店铺之间；市政大厦的白色穹顶赫然耸立在城市的废墟上，在不超过一英里以外，像朵发光的云彩。

这很微妙，也很绝望：我和他住的时间越久，撩开他令人费解的个性外衣后开始了解他，我也就越爱他——我想知道哥哥的秘密，那样我可能拯救他的生命。

"我哥哥的病情怎么样呢，您认为？"——这是个诱导性的、漫不经心的问题，我问着护士，她可能在之前见过我一两次，并不认识我。因为病人的医疗记录本应是保密的，哈维也从不向我透露他的医疗现状，只是说自己"贫血"——某种程度上"血细胞数低"，我想因为毒品，他还在进行着某种"康复"。在向我吐露秘密之前护士犹豫了一下，然后用一种压低了的嗓音对我说，她认为我早就清楚了这惨淡的事实了——

"对于艾滋病患者，药物在发挥着作用——药物能治疗到怎样的程度，病人们的耐受力如何，他们总体的健康状况如何，当然这些都有关系。可你知道你哥哥还有其他问题——他现在正在吸毒，他的确这样说，而且——他过去也是。"

对护士来说，哈维（有可能）吸毒是问题的重点，可对我而言，艾滋病才是令人震惊的。

我哥哥是艾滋病阳性!

"是的,您说的没错,是的——谢谢您!"

我转身走开了,没等那个女人看清我眼中涌动的痛苦泪水。

失望、恼怒的泪水。

茫然地坐在那儿,和成排的病人及他们的家属一起,坐在空气污浊的拥挤的等候室里,可我最好继续站着,或走出去呼吸下外面的冷空气。

为什么我不知道,或者没猜到?为什么我认为哈维的医疗状况仅仅是毒品问题?为什么哈维没有告诉我,当我真正为了他抛弃了自己的生活时?

当哈维从医院里面出来时,已经过了近一个小时,我还处在震惊的状态中,不过这时的我已经坐了下来。

哈维用他和蔼的、满是牢骚的方式抱怨着,他又被"戳"了,取了血样。"操!那破针头!一个专业医护人员连个动脉也找不着,他妈的让我感觉好像在死囚牢里给一个死囚注射死亡针。"哈维笑了,好像他说了什么搞笑的话。这时他才关注到我,他眨眨眼,盯着我看,"莉蒂亚?你还好吧?"

"是的,我还——'好'"

"你知道,我告诉过你不要和我来医院,我自己完全可以来这儿。"

"我知道,你说过。"

出了医院哈维想自己走下台阶,但他明智地犹豫了下,我没说什么,像往常一样,挽住了他的腰。

我瞟了一眼他瘀青的双臂内侧的护创膏布,很可能在他的双腿内侧,在他的脚踝上都有护创膏布,我没问。

我觉得哥哥那么可怜,我又是那样的爱他!——那是一种愤怒的爱。

受责备的应该是哈维——艾滋病阳性!

难怪他离开了神学院,逃到一个没人认识,也没人评判他的地方,开始另一种生活。

难怪他开始写诗,这是他对生活最无助的回应。

扶着他下着一级一级的水泥台阶,我静静地说,"我不责怪你,哈维,如果要责备的话,那个人应该是我。"

又一次,好像是最近一次,我来到书市想再次见到维斯坦,在格林德公园的孤独中——在我热情的想象中——那个二手书店的店员对我来说越来越具魅力。我已忘记他凌乱的头发,肥大的T恤和工装裤——如果维斯坦的脸还盘旋在我的记忆中的话,如今也因某种光亮而变得模糊不清,好像电视上那些正在被盘问有关隐私或礼貌性问题的,苍白的人物。

然而，维斯坦的形象和哈维融合在一起，那是旧时的哈维，维斯坦难道没说哈维有些"贵族的"味道吗？——我也有；维斯坦难道没说哈维是他所遇见的"最优秀的人"吗？

那个名字显示着文雅——"维斯坦"，他像是喜欢我——在店里他一直跟着我，他向我暗示地下室里有珍贵藏书，他极力想要我的地址，我却愚蠢地拒绝了。

"'维斯坦'？他不再这儿工作了。"

一个略胖的、一脸阴冷和不满的中年妇女狐疑地对我说，她嘴里，"维斯坦"带着平平的新泽西的鼻音。

如此狐疑，你会认为有一连串故意讨人厌的女人成群结队地进入书店，每个人都在找那个难寻的维斯坦。

"哦。"失望在我的脸上明显地表现出来。

"他没给谁通知，就辞职了，也可以说——消失了，连店门也没关，也没给我们任何人打电话。"这个女人带着怒气冲冲的责备，端详着我。"你是他的一个朋友，小姐？"

"不——不，我想——我不是——他的朋友……"

那个女人朝我皱了皱眉，好像我说了什么特别愚蠢的话。为什么我要找一位书店的店员呢，如果我不是他的朋友的话？再者，如果我不是他的朋友，为什么我会找这样一位破衣烂衫、不光彩又如此可怜的一个失败者呢？

结结巴巴地我问她是否知道维斯坦去哪儿了。

带着一种刻薄的满足神情，那个女人麻利地说不知道。

他是不是在其他地方工作？在特伦顿？

"我告诉过你，小姐——我不知道。"

那女人唐突无礼的态度对我表明了她不像维斯坦从前一样，只是个雇员，她也不是这家店的主人或经理，却是——更可能是——店主整日不满的妻子。

虽然我知道让这个女人和我进行某种对话是无望的，可我还是听见自己固执地问道："他什么时候离开的书店？"

"'离开书店'？我不知道。"

那个女人模糊不清的说话方式让我迷惑：像是这里有个秘密，某种潜台词。

我想维斯坦从没离开过这家书店，他消失到地下室里了——到书堆里去了，从此之后没人见过他。

虽然她并没帮上什么忙，我还是礼貌地感谢了她，这是我社交的原则之一，就是尽量不用更加无礼回应无礼。我尽力用友好的笑容，或至少是不带感情色彩的笑容来回应他人的怠慢。

在这个女人怀疑的目光下，我整个人像被磁铁吸附一样，走向了宗教/人类学区的书架。让我震惊的是——不是惊喜的那种——我看见一册装有封面的书净化仪式：母亲、婴儿和禁忌——一本由加州大学出版社发表的博士论文，一本指定我来评论，但至今我仍没动手的论文，我感到一阵眩晕，对手早已绕我而过。

收银台那个女人眯着眼睛朝我的方向看着，好像为了证明她对我的怀疑是错的，我挑了两本平装书——《被压迫者的上帝》和《欲望阐释学》。

但我并不准备离开书市，当我走近通向地下室的楼梯时我的心跳加快了，慢慢地我下着楼，一步一步地，我知道，或像是知道——维斯坦在那儿，以某种形式。

这里如他所说，又大又窄，洞穴般的房间充满了书——箱子、盒子和购物袋里都装满了书，从地板到房顶的书架上也摆满了书，书都堆在地上。靠着一面墙是成排的压平了的纸壳箱和空盒子。空气是浑浊的，闻起来满是灰尘、污垢和时间的味道——一股隐约的气味让我想起哥哥的公寓，尤其是湿热的日子。

我轻轻地小声说着话，"维斯坦？你好？我是莉蒂亚——一位朋友……"

我的目光投向了那所洞穴式房间里一个远远的角落，那里墙壁变得模糊，好像融入了影子里，好像黑泥向里挤压着。地下室里有种压力，我能感觉到——一种无法解释的却明显可意识到的压力。

小心翼翼地我从楼梯旁走开了，在部分打开的箱子和盒子中间有窄窄的小道，这间屋子多像坟墓啊！光线昏暗，头顶上还亮着发着颤光的荧光灯。维斯坦说过他在这儿听见过人语声，低声的细语——在他想象的边缘处听到的。我下决心也要听到这些，但在满是灰尘的地下室窗户外，除了听不太清的车流声外，我什么也听不见，也看不见。

我等待着，屏住呼吸，虽然维斯坦没有现身，我却感觉到了他的存在，我几乎看到了这个人的脸——一个熟悉的相貌平平的——却是——挚爱的脸，像一位亲属的脸，一位你很少见，却对你有着持久魅力的亲属。

有脚步的声音，头顶上地板发出咯吱声，好像有人在那里走动，向楼梯处开着的门走去。

我急促地小声说着，"维斯坦？再见，我认为——我想——我不会回来了……"

我是在乱翻纸盒，找那种稀有的、作者签名的第一版书吗？我是把那珍奇的书藏在衣服里了吗？我该受人信任吗，一个看上去偷偷摸摸的人？

一个发音平、带着新泽西鼻音的嗓音从楼上传下来："用帮忙吗，小姐？你在找什么特殊的东西吗？地下室的书还没有分类整理，所以我们希望顾客不要到下面去。"

我返回一楼，努力地对着那位咄咄逼人的、盯着我的女人笑了一下，她把我买的那些不太贵的书记录在那款老式的收银机上，难掩一副不耐烦的神情。我意识到她憎恨她的生活，她憎恨，仇恨书籍，她不是什么人的妻子而是什么人抛弃了的妻子，她也被抛弃在这个书冢里。

用几张仅存的小面额的纸币我付了书款,我在想象着读书时是何等的快乐,好像维斯坦亲自把书放进了我手里。

哈维的秘密横在我们之间,像一只巨大的白色的出现了细小裂纹的蛋。

一个在天鹅窝里的蛋,裂开的细纹清晰可见,它孕育着死亡和衰败,而不是一个毛绒绒的小天鹅。

可是什么时候天鹅们才能认出这个死——蛋?有可能选择一个特定的时间或时刻,来宣布这一无法改变的事实吗?

听说天鹅是彼此终身的伴侣,妹妹和哥哥也可以是"终身的伴侣"——无法更改的血脉相连。

我知道,哈维不愿将他的秘密告诉我,我也不愿将他的秘密公布——我已经知道了他的秘密。

我们爱彼此足够多,能够承担起这样的秘密?或是我们彼此爱得太多,能够忍受这样的秘密?

在很长一段时间后,我第一次给父母亲打电话——试着给父母打电话,但一句录音响起:这个号码是空号。

空号?我很吃惊又很迷惑。

我给姐妹们中的一个打了电话,她说当然我们父母的电话是空号——他们大搬家了,当然他们和我说了——去佛罗里达州的奥兰多。

大搬家?奥兰多?我一点都不知道。

"他们现在住在一个'有大门的退休社区'里——'不允许子女进入',我在网上看过他们的照片,但我们还没去看望他们,还没受到邀请。"我的姐姐惨然一笑,提到我们的父母时,我们早已学会的这样一笑。

听到这个消息我感到震惊,我感觉受到了背叛。

我挂了电话,不知道自己对姐姐说了什么,我是否说了些相关的话。

猜猜我们的父母在哪儿?我想刺激一下哈维。

猜猜谁将我们抛弃在特伦顿!

当然,我从没对哈维讲过一句这方面的话。

几天过去了。最终,几周过去了。

我没有给 A 教授回电子邮件,也没有给纽克姆项目的负责人的那几封电子邮件回信,这些人也不再给我发电子邮件了。

于是,有一天我开始了一次旅行:开车向北,去六十英里外传说中的大学。

距离不远,但不安感在作祟,感觉距离非常远。

大部分路程都是沿着一号公路走，我安慰自己，不会超过一个小时的路程。

我试着演习我要对 A 教授说的话。我要汇报关于我在翻译埃维语手稿的"进展"，及我认为可以完成的时间，还有我论文里应如何对这些材料进行阐释的问题。我一点都不赞同你的观点，A 教授，我认为你就是个老傻瓜并且观点完全错误。但是我想要你认可我的论文，教授，我需要你的祝福。

我想像出的说给纽克姆项目负责人的话也让我同样沮丧。我想要大学的钱，那是全部我想要的，其他的都是狗屎。

我不得不承认，我一踏进那诗情画意的校园，富于灵感的话便浮现在脑海里。那校园恰好在新泽西受污染的土地和河流之上，像一个漂浮着的仙境。

但在我离开格林德公园的周边地区后，事情很快就发生了，我在特伦顿中的单行道上迷路了。去卡姆顿大街花费了二十分钟，这段路我走路的话也只用一半的时间！但当我上了卡姆顿大街后，我决定向北行进几英里后转上第二零六号公路，我认为那会是条近道，但是不知怎么的，我发现自己正往南向开而不是北向——当我意识到自己的错误时，就被分流到一座横跨特拉华大河进入宾夕法尼亚州的大桥上。

当我离开后回到新泽西，我感到非常激动——对我哥哥健康的担忧困扰着我，我还想起了马罗兰娜，自从我们的亚特兰大之旅以后我再没有她的消息，虽然她和她的朋友欠我一大笔钱……最终我发现自己转到了北向的一号公路，可很快，轰鸣的卡车流导致了堵塞，我从唯一的出口上了九十五号州际公路，又没法变道了。

费城！我总是朝南向开，当我想朝北走的时候。

最终，我设法离开了拥挤的州际公路，开到车流涌动的北向一号公路，可此时我的头突突的疼，一股强大的热望在我心中升起，离开卡姆顿大街的州际公路，踏上回家之路。

这是我那一天所做的事。

哈维看见我后很生气，或者他的怪相代表着他的关心。

"这么快回来了？我还以为你会去见你的毕业论文导师……"

我受不了哥哥的嘲笑，假惺惺的关心，摇摇晃晃地走进卧室，一头倒在沙发上。

他想看到我卑微的样子，可如果我完全崩溃了的话，他将无人依靠。

又一天，一个明亮而晴朗的日子却毫无道理地在几分钟内乌云密布，此时我刚离开格林德公园，我沿着原路朝北向一号公路走去；我小心地开着车，一直在右侧车道行进不去理会那些在我身后的不耐烦的司机。可一旦我离开特伦顿，来到劳伦斯维尔的郊区，我像是驶入了一个错误的出口，被挤到一个巨大的四叶式立体交叉口处，我转着弯，像一个被困在游乐设施里束手无策的孩子，我径直向一个大型隔离带驶去——贵格大桥！不断的有车从我车的两侧驶过，我甚至连高速路也看不清，更不用说自己身处何处。在大型的潘尼百货城后面的一个停车场里，我握着方向盘，将头埋在胳膊上，竭力地不去放声大哭。

他们要拿走我的奖学金，我的事业，他们拒绝说认识我。我从他们那里离队了，会被他们像除掉皮肤上的虱子一样除掉。

那天或是那天晚上，回到我哥哥的公寓，我意识到腐烂的臭味又重了。

虽然我没离开几个小时，公寓像是有人来过，我的家政内务被搞乱了——厨房的长台面我都清理过，如今却被洒出的液体弄得黏糊糊的，厨房和居室里的椅子也挪位了。陌生人强行进入哥哥的生活，买卖着毒品，他几乎完全将实情告诉了我——将那些毒贩拒之门外是没用的，对他们来说，这里是个毒品交易的方便地点，他们在特伦顿也有其他地方，他们不会一周返回同一个地点，但他们总会回来。男人的汗味、烟草味、大麻（?）、大麻麻醉剂（?）、啤酒、衰败和腐烂味让我的鼻孔缩紧了；我的胃翻腾着；我头疼。开着去学校的徒劳让我感到挫败，颓废。我看见哈维懒散地伸着四肢坐在破旧舒适的椅子里，在他的笔记本上涂写着，他的手瘦骨嶙峋的，但手指握着笔飞快地移动着；他的眼睛通红，昏昏欲睡；他的嘴上生着疥疮，这个我之前没有注意到。我惊讶地发现他右手的小指刚贴的创伤膏帖——如今，比残肢稍长一点。

"哈维，那难闻的臭味是什么？你怎么能忍受得了……"

"臭味？'小小臭味平息了一切'——一句俳句。"

"什么东西死在这里了？在墙里？"

"'小小臭味平息了一切——在墙里。'没什么好处。"

"我们应该打开一扇窗，至少。我们应该尽力找出臭味的源头。"

"我想试着写俳句，一句经典的俳句有七个音节。"

疯子哈维！他当然闻到那令人作呕的味道了，只是缺精力、决心和愿望去找原因。

居室只有几件家具，哈维懒散地坐着的那张还算舒服的椅子，还有其他的几张椅子；一张两层垫子的沙发，皮革已破旧不堪，林德和汀来时经常坐——（林德坐右边，汀坐左边，从来不变）。还有几张乱放的桌子，桌上的台灯至少有一个是拔掉电源的。

那张皮革沙发很奇怪地被推到了墙角，从我离开公寓后，沙发后，从一角处可见像是一卷地毯长度的东西。

"哈维？这是什么？什么东西倚着墙……"

我几乎不能呼吸，臭味太浓了。

我笨手笨脚地推开沙发，这么一小件家具却这么沉，哈维也不愿帮忙。

我蹲到卷着的地毯前，屏住呼吸，脑袋眩晕，我费力地拽开了地毯卷一段。（这是我刚来时哈维卧室里的地毯。）冒失地，不计后果地我拽开了地毯卷的另一段，然后打开了地毯卷——那里，一对僵硬的双臂高举过头；一张平平的、淡黄色的脸，晦暗的像一枚过度磨损了的硬币；眼睛睁得大大的；嘴也大张着，像张鱼嘴——他是林德的中尉汀。

汀那松弛的身上，穿着一件被血浸过又干了的血污T恤，他可能被枪击——或被刺死……

他现在看上去一点也不年轻，脸部很糟糕，皮肤绷紧，像要裂开似的。

我尖叫着向后踉跄，我尖叫着跌跌撞撞地跑向哈维；哈维一副很恼火的样子，看着我，像打量疯子一样，他不得不放下笔记本，并把笔放进他的T恤兜里。还是个学生的时候，哈维T恤兜里就没少过钢笔或铅笔。他带着责备的语气说："上帝啊！他妈的，莉蒂亚——我告诉过你不要去看，无论你看见什么——那都不关你的事，住手。"

"那是汀——他死了，是汀的死尸，卷在你的地毯里，我们得报警……"

哈维用压低的声音骂着我，在狂怒中他又说起了一种他懂的那种古老的、灭绝了的语言——可能是阿拉姆语、梵语或是希腊语。他说:"我告诉过你,莉蒂亚——和我住在一起不是个好主意,我警告过你这里对你来说不是个好环境,我说过——走开,可是现在——"

"哈维,我的上帝啊!我们得报警-警……汀死了,汀就在沙发后面,有人在我们的公寓枪杀了他……"

"我没听到枪声,我们不会'报警',不会!"

"一个人被谋杀了,在我们的公寓里!我们必须报警……"

叹了口气,哈维缩进去,屁股陷入了椅子里,他从那把舒服的椅子里钻出来,对我来说总是那么震惊,哥哥变得那么矮了。

我们可以重新把汀沉甸甸的尸体卷进那血浸过的地毯里,和原来的一模一样;我们可以再把地毯卷起来,然后把两头用线缝起来;当然,别人会质疑这个方法的逻辑,或这个方法的第一步;可我们如果不试一下的话就不会改善那个方法!哈维没回应我癫狂的话,我的情绪,我的眼泪,我陷入了沉默——像哈维一样。

汀的尸体一直在公寓里,我却不知道?从什么时候起——前天?两天前?他不像是近几天被谋杀的,血已经停流了,已部分干涸。可怜的汀!他曾带着一副说不出的热望表情看着我,一次又一次。况且,他从没叫过我的名字。

如今,一切都晚了。

"这个问题必须处理,莉蒂亚,不用你干涉。但现在既然你干涉了……"

我不知道哈维在说什么,他的声音透着紧张,不是他竭力想表现的那么平静;他的下巴抖动着,好像感到极度的寒冷。

已入深夜,格林德公园的毒贩和主顾们渐渐少了,只剩下几个无家可归的流浪汉躺在长椅上睡熟,他们连瞟一眼都不会时,有两个人影费力地拽着一个异常沉重的地毯卷穿过枯草地。我们设法将汀的尸体搬到公园里最偏僻的角落里,将它藏在破烂的树枝杈下面,像孩子尽力把什么东西藏起来,躲过他们大人的眼睛。

"冷空气会阻止腐烂,特伦顿警察局将无法估算他的死亡时间和地点。"

哈维精明地说,好像他有机会陈述这一过去的事实。

当我们回到公寓时已近凌晨四点,再过两个小时,就到黎明了。虽然精疲力尽,头晕目眩,我们仍花时间打开了所有的窗户,我的卧室和哈维的卧室也一样。不会那样快,但最终那腐败的气味会消退,或者那腐败的气味会和老房子里的,新泽西州特伦顿里其他的、相近的味道混在一起——闷闷燃烧的橡胶的味道,沿着卡姆顿大街笨重移动地巨大的钻井塔喷出的柴油尾气,还有很久之前就不存在了的化工厂里传出的带甜味的毒气。又是一个温和的四月的下午,我从购物中心回来的途中,在卡姆顿大街破败的人行道上站着一个花哨的年轻男子,头上梳着骇人的长发辫,一直垂到背后,他的半边脸上有一个毛利人的刺青,黑天鹅绒似的皮肤。林德看见了我,向我伸出了手,他的大拇指,要搭我的马自达——(只有我,他的朋友莉蒂亚,他以前从未搭过顺风车,我确信。)——我狡猾地想着哦不!没门!甚至当我脚踩刹车停下来时,我还这样想着。可一切都太晚了,是的,那是一个本能的不由自主的动作。林德穿着紧身的仿鹿皮的深紫色的夹克衫、背心和裤子,他打开了客座门,两条长腿溜了进来,他咧嘴一笑,一副友善的、轻松的神情——"那么,好吧,我可以载你一程,可我只到格林德公园。"

最后的文人

这是个充斥着太多不满的季节，X越是被称赞，别人身上各种各样的缺点就越让他生气，尤其是女人的缺点。

有一种女人毫不费力地展露着女性气质——性感迷人，这使他生气；还有一种女人大费周章地显露，这也让他生气。好像他，已七十三岁，是个普通的老傻瓜，会对女人任何的花招都心动的老色鬼。

X逐渐成为一位年老的具有国际声誉的文学名人、小说家、诗人及散文家，曾被时代文学增刊称为"最后一位文人"——当然有些夸张，却让人感到高兴。他是诺贝尔奖项常年的候选人，是英美文学界直言不讳的一位评论家，也是特别受爱戴的一位。在现实生活中，他块头较大，比照片中略显魁梧；他还有个英俊的脑袋,脸上虽多皱纹,却很优雅;一双深陷的,半张半闭的,焦虑不安的眼睛;稀疏的白发从额前向后面两边梳着。他很少笑,脸由于深思与算计好像带了张面具;他的举止文雅,虽然有时略带些粗鲁。仰慕他的人都承认与他很难相处,但他是个天才这一点是毫无疑问的。早在他富了之前,他便开始着意穿定制过的昂贵衣服,精心浆洗过的白色棉布衬衫,戴考究的领带。他的指甲修过,下巴总是刮得很平滑,古龙水也是精心挑选过的。在过去的几个月里,让人生气的是他的左手出现了可见的震颤,必要时 X 需要紧紧地控制住那只手。有时早上,他的眼睛会莫名其妙地充满泪水,模糊了视线,真让人受不了,好像他的眼睛经过了密集的私下的睡眠后,还没准备好接触外界的空气。但 X 从未对自己或他人的弱点妥协过,对这些事情从不做考虑,因为他是名人,他的曝光率在增加,又因曝光率的增加,他越发知名。他经常独自小声嘀咕自己的名字——X,我是他,我是 X,不是别人。如果他对此感到骄傲或谦卑,他不会说出来,在他的内心深处,这位伟大的人可能像其他人一样敬畏自己:这是怎么发生的?——我是 X。这当然是 X 的内心秘密,他从未和其他人分享过。

另一个秘密,X 不得不与某些人分享,他的几任妻子,他和那些女人们在几十年的时间里,变得亲密——他的气喘病,他已忍受了六十多年,这种折磨在程度上有所轻重,童年时代曾一度严重，这样断断续续地进入了成年时期，在近二十年中或多或少受药物控制。只是有时午夜时分 X 会因呼吸困难而惊醒，惊恐地挥舞着手脚，好像呼吸要抛弃他——他的生命也将要抛弃他！他曾把他的现任妻子吓得半死。当他为宣传自己的新书而刚踏上那雄心勃勃的欧洲之旅后不久，一夜他从一场显然无梦的睡眠中醒来，感觉自己喘不过气，窒息起来。和他睡在一起的人，他竟一时没认出是自己的妻子，妻子惊惶失措地大叫着："怎么回事？哦！到底怎么了？"——即使他从事故中恢复过来，他也没告诉她从小时候起他就有的秘密——我为了生命而战。

很奇怪，他怎么能对那个女孩有一种即刻的、发自内心的厌恶，她一看见自己就不停地、紧张地微笑。她的厚嘴唇没涂口红显得太苍白，一张脸没了化妆品像被揉洗过一样平淡无奇；她行为举止像个羞涩的，急于取悦对方的女中学生；她穿着卡其色的衣服和一件松松垮垮的夹克衫，还穿着与之相配的裤子；她瘦削的、男孩子般的身体本身就让他感到毫无吸引力。他认为这个女孩的年龄在二十岁到三十岁之间，他的法语出版商选择了她来翻译他最近的一部散文集，这让他恼火。在出版商的办公室里，当他们被引见时，他连她的姓也没听，对她几乎连头也没点一下。从他的举动看，人们不太清楚他是否了解到她就是他的翻译员这一事实。X 的神态，即使笑的时候也有一股贵族式的傲慢，说话时诙谐幽默,最后的发言总能引人入胜,好像他的话就是散文而不仅仅是话。午餐会出于对他的敬意在一家雅致的、四星级巴黎餐馆举行。他避开了一切坐在那个穿卡其布衣服、毫无吸引力的女孩旁边的机会,就餐期间他甚至对她连看也不看一眼。桌旁一名记者对自己新书大加赞赏,他听见自己回应道,"真的?我想翻译还是有很大差距吧,我随便打开一页,就是这样——"然后他用抑扬顿挫的声音,大声到餐厅各处都能听清楚,用译者的法语,带着貌似的自然和精妙,几乎是戏虐的讽刺,读了一个段落;然后闭上眼睛,用英语背诵了一段自己的散文。桌旁,他的十二名观众,安静地坐着,充满敬畏地听着。多么精彩的表演!在之后的几年里,将会如何被提起!他连瞟都没瞟那位女翻译一眼。她向前弓着身子,胳膊肘挂着桌子,双手捂着嘴,毫无优雅可言。X 是位绅士,却不愿减轻自己的鄙视。"我想我们都赞同,对这种懒散和马虎不该有任何借口,"他说,然后"啪!"的一声合上了书。

在一阵令人尴尬的沉默中,那个女译者小声嘀咕了些令人惊讶、难以理解的话,X 听不清是英语还是法语,然后跌跌撞撞地从桌旁走开了。

当然,像公司里其他人一样,X 的出版商开始一再道歉,还需要几分钟和一瓶新的 1962 年的波尔多葡萄酒,才能使这位著名的文人恢复到以往的平静中。

你不会原谅X，是吗？我的姑娘？一个人住在奢华的酒店套间里，由于那精美葡萄酒后的微醺，X感到一阵迟来的内疚。眼前再次浮现那个女译者平淡苍白的脸，渐渐退去的笑容，眼睛里一副慢慢浮现的、决不相信的受伤眼神。即使看上去很像脱口而出的，X的一番举动还是事先演练过的；实际上在午餐会之前，他找了好几分钟，才从那法译本中找出一段略微在语气上与英文原著有些不同的地方。（X在想是否他以前也干过类似的事，用另外一种语言，在之前的欧洲之旅？他的表演对自己来说有种模糊的熟悉，像他出神的听众脸上吃惊的表情。）他不自然地笑了笑，想着这个故事在巴黎的文学界将如何被讲述，重述，很快故事会传到伦敦和纽约去。X的法语出版商保证，在将来X的书籍译本，那些令人不快的段落将会被修改；午餐会上的几个记者和巴黎主要的出版商有联系，他们会带着敬意报道X对完美主义的强烈偏爱。X对女译者有些感到抱歉。她很年轻，没有经验，很无知，这可能不完全是她的错。

因为毕竟X需要维护一种声誉，最后的一位文人。

几天后，在去柏林的途中，X在心里发誓他以后不管怎样被激怒，都不会再这样干了。因为他毕竟是个绅士，可在他到达后不久，一次在他下榻宾馆举办的新闻招待会上，他发现自己对另一个年轻女子也感到反感——一个惹人注目的金发记者，坐在德国首要周刊之一的文化区域。这个女记者比那个法国女译者要年轻些，或者看起来如此；比其他的记者要年轻得多，他们几乎全是男人。X发现很难将视线从她的身上转移，即使当他回答别人提给他的问题时；因为这里有个毫不羞涩，性感迷人的女人，毫无疑问是柏林新生代人，X曾听说他们在工作中事业心强，在性方面也很开放。这个女孩就十分在意她给男性留有的印象。她染过的黄头发梳着长直发，垂到了她的肩膀，在一副淡绿色的眼镜后，是一双大大的、瞪着的眼睛；饱满的、性感的嘴唇涂着深红色唇膏，闪着光；她总是挑逗性地扭着身子，神经质似地将头发从眼前甩开，盯着X，带着一种追星似的强烈的崇拜，近似于嘲讽。她的装束很可笑，像跳伞员的跳伞装，由某种银色的钢质合成纤维制成，紧贴在她瘦削的，却勾人性欲的身体。X感到一阵厌恶，一个女人明显缺少女性的特征，胸部和臀部，却呈现出一副挑逗的面目。并且她一口柏林腔儿的英语刺激着他的耳朵。她不怎么害羞，带着自信，或比她的同行多的自信提着问题。她怎么敢！这个女孩像是对她说英语的能力很自豪，让X知道自己经常去美国旅行，并在纽约小住过——"在特里贝克"；她还在大学时代的英语课上读过X的"几乎每一部书"。X盯着这个女孩采访者，带着难掩的愤怒。他的左手开始颤动，他不得不用右手紧紧握住左手；有人一定在房间里吸烟，因为他的喉咙开始收缩。女记者在向 X 提问时舔湿了嘴唇，不断地将她闪闪发亮的头发从脸上甩开，并向前倾身以致她跳伞服领子的移动可以露出她小小的、蜡白色乳房的上部，衣服里面什么也没穿，多么无礼；更糟的是，她每次都带着种庄重，用浓重口音说出 X 的全名，好像这个优秀的文人已经去世了，这是某种纪念他的死后追思会。难以容忍！最后 X 失去了他的耐心，让房间里每个人吃惊地是，他用拳头重重地砸了下桌面，带着冰冷的客气说，"对不起，女士，请您用英语讲好吗？我真的很难懂你的话。"

X 打断了这位金发女记者的话，在一个有关 X 的文学前辈和他的政治倾向，一个冗长的、自命不凡的问题中间，现在她眨着眼睛看着他，在一阵震惊的恼怒中，受到了惊吓，好像他俯身过去扇了她那张傲慢的脸。在房间里有了一段突然的沉默，（在 X 看来好像其他的记者面面相觑，脸上却带着窃笑——他们赞同，是不是，对 X 的告诫？）在这尴尬的寂静中，他们机器里的录音的半打磁带还转着。

女孩结结巴巴地道着歉，她的脸红了。新闻发布会继续着，虽然带了更多的庄重和犹豫，没人想激怒 X，因此都对他抛出些他在欧洲各处都讲过的问题，他用以往的沉着，既带着智慧与冷静，又带着随意和优雅来回答。在新闻招待会的结尾处，每个人都鼓起掌来。每个人，除了那个显眼的金发女孩，她坐在那儿，弓着身子缩在椅子里，看着别人讲话，看着 X 的脚，在玩儿一缕头发，无意识地用嘴咬着头发，像个长得超大的、受伤的孩子。当其他人都礼貌地握着 X 的手告别，感谢他接受采访时，那个女孩没说一句话就离开了，X 对着她的背影皱了皱眉，感到很厌烦，对她来说，毕竟过来道歉还是显得有教养的。

显然德国这一新生代青年缺乏对他们老一辈人的礼貌。X 后来带着一丝愧疚注意到，那个女孩随身带着一个大手提袋，毫无疑问装满了 X 的书，希望得到他的签名；但她悄悄溜走了，甚至没让他签一本，这么无礼。

同样是在柏林，X 又被一位分配给他，与他同行的公关人员激怒，一个肥胖的、满身香水味的女孩，她穿着惊人的迷你塑料短裙，黑色织纹丝袜，一直到大腿中间的发光的黑色皮靴。她在他们经常乘坐的，不断接受约定的中型客车里，一直打着电话；他保持着庄重的举止，没有抱怨她的无礼，只是对出版社老总说了些随便的、附带的话，关于年轻的柏林女性上班族和"求职女性"两者之间有趣的形似性问题。X 在柏林，像在整个德国一样，由于他的地位而备受尊敬，如他的德国代理商说的那样，X 的书销量大而平稳。在阿姆斯特丹、斯德哥尔摩，哥本哈根，最终在罗马，在他行程的终点，X 都受到了国王般的招待。可如今他尽力隐忍着那些令人不快的瑕疵——女译者，女记者，女公关人员，甚至令人气愤的女编辑——这对 X 来说的确很吃惊，他发现在他的意大利出版商那里，为他审查书籍达二十年的那位编辑退休了，代替他的是一位精力旺盛的、年轻的米兰女子，只有三十五岁，一位研究美国文学的专业人士，曾在哥伦比亚大学就读，她的名字像是托尼娅，或坦尼娅。X 对那位女编辑立刻感到厌烦，她的脸看上去有点粗糙，她的长脸和鼻子很明显是意大利式的。他不喜欢这么相貌平平的人脸上的妆容，并怀疑她左手上唯一的金戒指是否是婚戒——或者 X 应该来一次猜猜看的游戏，如果不知道她是否结婚了。虽然托尼娅，或坦尼娅对这位卓越的老作家十分恭敬，他还是讨厌她对自己书籍的熟悉，好像了解他的书，她就在某种程度上了解他一样；永远引用 X 书里的话，在他人面前，好像他是文学、政治、道德界，甚至整个宇宙中备受尊敬的权威，没有比这种令人作呕的奉承更粗俗的了！X 认为，托尼娅，或坦尼娅，通过她过度的崇敬，故意将他变成个浮夸的老傻瓜。"拜托，够了！" X 几次抗议道，但他的苦恼被这个女孩误解成旧式的谦逊或腼腆；她热情地坚持着，X 只能在痛苦的沉默中听着。托尼娅，或坦尼娅竟对美国作家表现出普遍的热情，在她的单子上竟有那些臭名昭著的女权主义者，她们，由于政治的原因，很久以前还诋毁过 X，这些也都使 X 恼火。她没有脑子吗？她没有羞耻感吗？当她把他介绍成"他是美国他所处的时代中最伟大的作家。"只是，美国！只是，他所处的时代中！

好像 X 的成就不足以使他超越地域和时间的界限，X 感到一种侮辱的刺痛感，好像这个自负的年轻女人伸过手来拧他的鼻子，但他忍住了自己的不快，保持着庄重的沉默。直到最后，在他离开罗马的前夕，为了向 X 表示敬意，在一次小型的优雅的晚宴上，当女编辑又开始用她专属的、令人抓狂的方式引用他的话时，他对他的东道主，出版社有钱的老板，用清晰的、足以让在座的所有人听清楚的声音说："对不起！我对这些唠唠叨叨的拍马屁的人感到厌烦，我想请人送我回宾馆。"

立刻，所有的人都变得多么的沉默。X 给这些陌生人的印象，多么像魔术！他不屑去看那位惊呆了的女编辑一眼，但很清楚她眼中的难以置信和伤害。

就这样，戏剧性地结束了 X 的欧洲之旅，他事业中的最后的一次宣传之旅。

你不愿原谅 X，是不是，我的女孩？

X 对自己笑了笑，在"西班牙阶梯"这所宾馆顶层的豪华套房里，为了次日的早起他开始铺床，不知怎的感到心身烦乱，他仍然感到恼怒和受辱。他的晚饭也不合他的胃口，还有那几杯意大利红勤地酒也让他不舒服，他头上的动脉怦怦直跳，他开始气短，好像他在奔跑一样。他这次欧洲之旅不得不忍受的侮辱，对他的水平和年纪都是不能容忍的！无疑在他醒来时，会有一些关于他的趣闻轶事，随着时间的推移成为文学传奇，当然会被添加些东西，夸大了许多。可这是不可避免的，因为毕竟 X 是名人，对于名人，各种异想天开的传奇都在增长。他是个艺术家，创造者，像毕加索，贝多芬——都拥有难以预测的脾气，可他们当然是天才，天才必须要放任，不是去压制。

X 坐着豪华轿车由人送回到宾馆，陪伴他的是一个满口歉意的男人，虽然 X 已经接受了他的出版商的道歉，由于一位员工不策略的行为，X 受到了冒犯。X 也清楚地意识到那位女编辑羞愧地沉默下来，从桌边退开了，无疑是去女士洗手间补妆，可她没有试图追上 X 解释或道歉。X 在想是否来得及指示他的意大利代理人为他的书再找一位出版商，一个更能满足他需要的人？

于是你会看到，X 不是一个可以轻薄对待的人。

这种预想通常会平复 X 的心情，因为在他的职业生涯中他曾在突然更换出版商的过程中得到过无比的快乐，的确他换过几次文学代理。当他偶然间打开洗手间里头顶上从未打开过的荧光灯时，他惊讶地发现自己看上去那么疲惫，脸色那么灰黄，看上去那么老。那是 X 吗？亲爱的上帝啊！X 的心猛地一沉，好像有人演了场残忍的恶作剧来作弄他。像到了一定年龄的许多人一样，他已长期练就了一项技能，即所谓的选择性观看，他很少走近头顶上方的镜子，除非以一个谨慎的角度，他像是本能地知道镜子会对他发出强光，不去看会缓和他眼睛的疼痛。在他的想象中，当他照镜子时看到的不是这般模样，而是他经常反复印刷的公众海报形象——一位英俊的、花白头发的绅士，有着敏感的眼睛，宽阔的长着智慧纹的前额和一幅悲天悯人的神情。但如今在洗手间的镜子里，他看到的却是一张可怕的青蛙脸，深陷的眼睛和抖动的下颌，狮子鼻上两个又黑又满是鼻毛的鼻孔！那是 X 吗？不，那不可能。所有人，包括女人，都在光天化日下盯着这张脸，除了他本人。现在他看着自己真实的脸，在罗马洗手间镜子里的荧光灯的反射中，这景象使他感到一阵眩晕、恶心和摇晃。他用手掌拍着镜子大喊道："我该得到更好的，我该得到你的尊敬，你怎么敢侮辱我！"虽然 X 很疲惫，像以往一样的疲惫，也和往常一样躺在巨大的有华盖的大床上十分惬意，他却难以入睡。他的脑袋里充满了生动的、具有幻想色彩的人物，断断续续的人语声和笑声使他眩晕。晚餐沉甸甸地压迫着他的胃，胃里还有他不顾医生的告诫喝的酒，X 正吃着降血压的药，这些都使他的太阳穴疼，他的心脏也不规则地，一抽一抽的疼。以往这个时候，在异乡的城市里，在奢华的环境中，他会被莫名的懊悔感、伤感和负罪感折磨着，到底为什么？他不得而知，可能因为在行程之前他刚和妻子争吵过，因为他拒绝带着她。在他混沌的状态下，他甚至不得不承认自己记不清这个女人是哪任妻子，哪个女人。在上一次的欧洲之旅中，他爱上了一个女人，比他年轻几岁，于是他和妻子离了婚，娶了这个女人，但具体她是哪个，和其他的两个与她相似的一起，她是之前的？还是后续的？他也不知道。想要弄清楚的努力使他精疲力竭，使他感到恶心。对区区的个人生活而言，我到底在乎什么？我注定追求更高的东西。突然他想起了他世界各地的孩子们，不仅有成年的还有中年的，他对中年的孩子有种反感，有种不自然感。他应对那些吵闹的孩子们负责吗？他必须是他们永远的父亲吗？为什么他，X，如此努力地工作建立起声誉并积攒了为数不多的财富，需要给他们施舍，可他们还认为那是应得的？他们好像永远蜷缩在 X 的影子里，缺乏自然的阳光，这些笨拙的、长得太大的孩子们没有自己的意志，没有灵魂。放过我！我不认识你们中任何一个。

忽然卧室里陌生的黑暗被 X 床边欢快的电话铃声打破了。X 吃惊地，迷糊地，却欣慰地摸索着去接电话，因为他已经受够了那些令人痛苦的回忆。今天是他在罗马最后一夜，欧洲的最后一夜，他应该得到更好的。电话是从宾馆的客服打来的，一个带着意大利浓重口音的声音问他是否愿意接受他书迷送来的夜宴。X 听见自己带着孩子气的急迫说："是的，很好！请立刻送上来。"虽然套房里实际上已堆满了各种没打开的礼物：成瓶的葡萄酒、香槟、烈酒、昂贵的馅饼和奶酪，还有巨大的、甜腻腻的、满是香气的花卉摆设，样式足够殡仪馆使用。很快 X 便从床上爬起来，费力地穿上他的丝绸睡衣，眯着眼睛照着镜子，然后麻利地将通红的前额上凌乱的、雾一般的白发向后梳去。这是个比较诡媚的镜子，被台灯光柔化，给这个卓越的老作家一个更加真实的肖像。当 X 踉跄地走进另一间屋子时，他听见一阵低低的、快速的敲门声，显然客服配送已经来了，他还听到，走廊里古怪的隐约的人声和咯咯笑。他兴奋地喊道，"是的，谢谢，我来了！"

打开门，他惊讶地发现侍者竟然不是男性，而是女性：穿着这所知名宾馆里旧式的橄榄绿制服，制服上带着成排的扣子和金色的凸花纹，一顶带沿的帽子放荡地戴在头上。嗨！这是 X 意大利出版社里的女编辑，就在大约一个小时之前，X 指责她是个唠唠叨叨马屁精！托尼娅，或坦尼娅，显然想作出补偿，她来道歉了。此时她的皮肤不再粗糙，刺眼，反而因化妆品而发着光，她厚厚的意大利式的黑发松散着，一绺绺的卷发诱人地垂到双肩上。

兴高采烈地，托尼娅，或坦尼娅对着这位老作家灿烂地一笑，大叫道："X 先生，我们可以进来吗？我们带来了惊喜呦！"X 知道他会原谅她。

这是多么梦幻，又令人迷惑和抓狂啊！X 的午夜宴惊喜，七十年以来 X 从未经受过的，他以前是多么的自怨自艾，多么的忧郁！他惊愕地退后站着，这时那位意大利女编辑和另一位漂亮女性，同样穿着侍者的制服，推着一台华丽的银色车子，和医院里的推送病人的轮床差不多大小，来到了起居室。车上堆满了各色美味佳肴——一瓶超大的香槟，用烫金雕花的包装纸包着，那不是 X 熟悉的牌子，车上还有：鹅肝酱、考究的奶酪、硬皮面包、巧克力糖、夹心软糖、腰果、阿月浑子坚果，还有各种珍奇的水果：大而光亮的苹果、血橙、饱满的黑葡萄、李子和猕猴桃，都是尺寸相当，色泽鲜艳，看起来像一幅马蒂斯的静物画。X 惊讶地发现意大利女孩的伙伴是个德国的年轻女士，梳着一头长长的闪闪发光的、染过的黄头发，她在柏林采访过他！——她夹克衫上面的几个扣子没扣，露出她白色的，完美小胸部诱人的上半部，她也对 X 露齿灿烂一笑，好像她是自己的老朋友，彼此分享着甜美的秘密。他的心立刻充满了宽宏大量，他也原谅了这个鲁莽的小妞。"是的，当然！请进。"他结巴着，高兴的微笑着。在他漫长而幸运的一生中，在这样惊喜和混沌的状态下，他像其他人一样无助，几乎总是听从女人的安排。

现在，又有一个穿着侍者制服的年轻女子出现了，帮着推餐车，还有另一个！在咯咯的笑声中，重重的门关上了，谨慎地上了两道锁，那笑声银铃般的响亮，像精致的水晶高脚杯中摇晃冰块的丁零声般悦耳。X 极力想保持镇静，表现得他并不惊讶，可他很快便融入到这欢腾的高潮中，他喧闹地鼓掌，大笑。谁在乎明早 6：30 起床去机场？谁在乎睡眠稀少？他经常熬夜写书，有时，但不经常，也在夜晚充满活力地做爱。

女孩们已经占据了起居室，德国的公关员，身材丰满，凸凹有致，浑身香气。法国的女翻译，他错以为是个长相平平，毫无魅力和气质的女人，现在完全改变了，她有着搽了胭脂的双颊和嘴唇，还有淘气地闪亮的眼睛，她丰满的身体将绸质的衣服绷得紧紧的。在咯咯的笑声中，X被推到沙发上，像血管爆裂般"嘭"的刺耳的一声，那瓶巨大的香槟瓶塞被拔开了，那个兴致极高的意大利女孩四溅地将香槟洒在一只长脚杯里，献给了X，然后又为自己和他的女伴们斟满了酒。她举起了自己的酒杯，开始祝酒，宣布这一夜宴是为了向一位伟大的作家致敬，向最后一位作家致敬，他的作品永久地深入了她们的灵魂，改变了她们的一生——"X先生，谢谢你！"喘着粗气，X喝了一大杯，香槟是美味的，虽然有点酸，还有点奇怪的金属的香味，它千万个小小的气泡飞到了他的鼻孔里和脑子里，然后爆破了。更多的祝酒随之而来，因为女孩们永不知足地赞美着他，他乞求着她们，"求求你们了！够了！你们那么善良，可——"她们围上来亲吻他，疯狂的湿漉漉的吻到处都是，其中的一个德国女孩喊道："啊！不，X先生，我们一点也不善良，我们只是……"虽然X努力地推开她们的手，可女孩们为他准备了丰盛的大餐，就像为一个大婴儿，她们在他的下颌底下垫上餐巾，那个法国女孩上上下下轻轻地、亲昵地拍着他两侧的身体，爱抚着他的脸颊；又一个女孩在他的右耳处来了个湿湿的响吻，另一个女孩在他的圆头顶来了个湿湿的响吻；更多的香槟被泼洒到酒杯里，被一饮而尽，香槟顺着X的下巴流下，打湿了亚麻布的餐巾；X知道这是场游戏，一场他之前玩过的游戏，是对他的价值的庆祝：他，男性，是女孩们的俘虏，她们的战利品；她们是他得意洋洋的捕获者，也是崇拜他的奴隶。

接下来，她们竞相地用银车上的美味佳肴款待着他：一个苹果削了皮，切成可以咬的小片；肉酱厚厚地涂抹在一片脆皮面包上；一大板巧克力糖。让他吃惊的是，自己很饥饿，饿极了，他的天使女孩们勾起了他长时间麻木的胃口，眼泪在他的眼睛里闪动，当他吃的时候，他在沙发里蠕动着，喜悦折磨着他如同一种几乎不可忍受的疼痛。女孩们兴奋地用她们能听懂的英语窃窃私语着，好像 X 贪婪的胃口让她们高兴，他能清楚地听到她们的声音但听不懂她们的话。忽然这时午夜宴开始了淫荡的一面，X 尽力抗议着，他的睡衣被撕开了，他的裸体露出来，他无力地试图藏起他的生殖器，女孩们却将他的手一把夺开了，兴奋地欢呼着，她们将他扛了起来，他那相当沉的身体，接近两百磅，喊着号子："嘿呦嗨！我们一起走啊！"摇摇晃晃地，跌跌撞撞地像醉酒的狂欢者，她们托着他手舞足蹈地走进那奢华的卧室，在不断的笑声中和一个小小的仪式后，他被摔到凌乱的床上——那是他一直担心的，女孩们一开始的目的地，她们的，也是他的。

当 X 张开嘴要抗议，说他是个心满意足的已婚男子，一位绅士，一个大胆的吻制止了他的话。那个杂技演员般的法国女孩用她肌肉发达的、扭动的身体将他绑在了床垫上，其中的一个德国女孩爬到了他身旁。女孩们脱掉了她们侍者的制服，X现在也赤裸着，他可能会羞愧地蜷缩着，但他上了年纪松垂的身体却被他的捕获者大叫着漂亮，他的皮肤也被充满爱慕地拍打着。X多么的英俊！多么的强壮！女孩们轮流地叉开双腿骑在他胸上，用深深的、吮吸般的吻亲他，吮吸他的舌头好像要将它从他的嘴里拔出来，吮吸他的呼吸。X可以感到，紧贴着他出奇凉爽，微潮的皮肤，女孩们皮肤上巨大的热量；她们裸露的大腿间的热量当她们叉着双腿骑在他的胸上和肚皮上；她们的沙沙作响的潮湿的阴毛；她们年轻身体的脉动和心跳。她们什么时候把他绑在了那张巨大的顶篷床红木雕花的四角上，手腕和脚腕？——用丝绸带绑的？他毛乎乎的肚脐眼，他那凹陷的、松垂的肚脐眼，被涂满了肉酱，被那些贪婪的，瘙痒的舌头舔舐着；他也被驱使着舔舐着德国女孩中微胖的那个，舔着她肚脐眼上的羊奶酪；所有的女孩都放肆地尖叫着，大笑着！如果X的敌人现在看见他，他们会传出些怎样的故事呢！多么传奇！女孩们竞相去抚摸，爱抚，拍打他的阴茎，一个软软的、布满血丝的，老胡萝卜状的阴茎，而睾丸则是脆弱的，冰凉的，像鹌鹑蛋一样。女孩们用力地揉搓着他的阴毛，那是粗糙的黄白色，像电线一样。那个德国小妞发现了X的腹部上几年前手术留下的伤口，一个八英寸的像拉锁般的伤疤陷在他灰黄色的肉里，她戏耍地用那修得精美的红指甲在伤疤上来回地比画着——"拉开拉来拉开，X先生！"托尼娅，或坦尼娅，被情欲折磨得气喘吁吁，在她丰满的双乳上涂上起泡沫的奶油，她活泼的两个小奶头上满是酒浸的樱桃，X被驱赶着去吃，他咬她的时候，她大喊着，大叫着，踢着，用她的结实的小拳头捶打着他，一时间他竟害怕起来，但那个法国女孩胜利地尖叫着，她最终把X的阴茎揉搓成钢铁般的棒子，所有的女孩对它的长度、伸缩性、它健康的红色光泽和它搏动时的热量大加赞赏。她们竞相地去握它，拍打它，爱抚它，亲吻它的顶部渗出的珍贵的体液，那是生命的活力。"停下来。不。求你们了！"X乞求着，因为这种刺激几乎是他忍受不了的。他浑身汗津津的，喘着粗气，好像他一口气爬了七层楼梯，来到了这间房里一样。他的心脏像一只不耐烦的拳头不断捶打着他的胸腔。其中的一个女孩已经俯身骑上了他的阴茎，将它拍打成一根火红的棒子，并用自己柔软的、光滑的、强有力的阴道压到上面，将自己向下挺进，紧紧地抓住他；X听到自己像被勒死般的呻吟声；像呜咽般的呻吟声，然后他大笑起来。卧室的灯实际上是蜡烛的火焰，而这些火焰正被吹灭。X哀求道，"停下来，我的尊严！你们难道不知道我是谁？"女孩们立刻喊道："是的，我们知道你是谁，你是X，最后的作家！"一股滚烫的喷柱从他腹部的底端勃发出来，他的眼睛睁得大大的，他的心脏停止了跳动，他体会着这一时刻的惊喜，这个时刻的美妙。他毕竟还活着，活着，那个年轻的生命倒在他的身旁，X从他生命的外壳悄悄溜走了，他自由了，胜利了。"谢谢你们!"X的话是呜咽声,一个情人的哀求,从他的喉咙里发出,即使意识像白色顶篷的洗手间里那盏眩目的闪亮的萤光灯般熄灭了。

早晨的时候,他们发现了他,在 X 没接电话,也没回应门上焦急的敲门声之后,他的意大利出版商亲自来护送 X 去机场,指示宾馆经理强力打开那双层锁的门:在那漆黑的卧室里躺着一个毫无生气的老人,在自己床边的地毯上,睡衣一团糟,凌乱地穿在他裸露的四肢上;他的胳膊向外张开着像是在抗议;香槟洒在了地毯上和 X 的身上;在 X 张开的大嘴上还有通红的巧克力的痕迹,在他的躯干上和肚子上像涂过肉酱;他的脸死灰般苍白,双颊塌陷;他的假牙在他床边的水杯里。X 的眼睛完全睁着,却是看不见的;他的左眼球向里翻着,好像在好奇地凝视着脑袋内部。

高犯罪区域

底特律，密西根，1967年4月。

他们中的一个在跟踪我。我想那一定是我以前见过的同一个人（男性，黑人），但我也有可能犯错。

从韦恩州立大学校园一角的斯塔雷特大楼后门出来，穿过教工停车场B区，沿着一条有垃圾的人行道走，那条道一直通向卡斯大街，我明显感到那个孤独的身影跟随着我，就像你能感到小火苗在燎烧你的眼角。心里默念没有人，即使有人，我也不会去看。

上了水泥台阶，几乎扭了脚，走得太快了。不会去看！

晚上6：25，还没到黄昏，天空的光芒仍照亮着那些几近废弃的人行道和不断延伸的城市校园角落。

这些天底特律的上空一直阴沉而寒冷,当太阳的光束穿过厚厚的云层,在胭脂河旁的工厂上空形成了一层红灰色的烟雾。随着时间的推移,天空慢慢变暗,空气像是变得越来越粗糙。走太快是个错误,你的眼睛和肺开始疼。——在大学校园边上一条人迹罕至的街道上,一个匆忙赶路的身影本身就惹人注意。

突然的喊声,尖叫——你不想去听。

我的大脑转得很快:一个(男性,黑人)的人影正跟踪一位女士,而那位女士恰巧是我吗?或是一个(男性,黑人)的人影正跟踪着我?

如果仅是一个(白人,单独的)女性正被跟踪,我会躲避那个(男性,黑人)的身影——我在想。如果是我被跟踪了,情况会变得严重。

这一次我有准备:我带着枪。

在我的肩包里,一只小手枪,22毫米口径的镀镍半自动狮子鼻手枪,虽然只有三英寸的枪管,却比你想象的要重得多。

在斯塔雷特大楼我教授了一节作文课,刚下课。

对我的学生来说,我是麦克泰尔女士。学生们通常嘟哝着读错,好像说出我的名字是什么令人害羞的事。

如果麦克泰尔女士被跟踪了,那可不妙。

这个班的课被标记为英语课程101:作文,有二十九个学生正式注册,但有几个好几周都没出现。还没有一节课是所有学生都出席的,甚至包括第一节课,我点名时通常通过他们的低声回答来判断是否读对了。(实际上至少一半的名字对我来说是拗口的。)我是个年轻教师,刚在韦恩州立大学做兼职教师两年,可不希望冒犯任何人。

执教两个月后,我自认为不再那么年轻了,可我仍担心冒犯任何人。

像很多新教师一样,我希望被爱戴,被尊敬。如果不能选两者,如果只是被爱戴也不错。

可是,我也没被爱戴。

我不是英语学院的全职讲师,也不属于自由美术学院,我在继续教育学院还有份额外工作——"屈尊"去所谓的"夜校"。我在密歇根大学拿到了英语硕士学位,没有博士学位。我在一些不知名的文学杂志上发表了几篇故事和诗歌,只在哲学季刊发表了一篇学术文章(没人知道这个,那篇文章是我的第一篇学术文章,也将是最后一篇)。我在韦恩州立大学的教工中微不足道,但在那些负责聘用的管理人员看来,我还是有希望的。

我教授的继续教育("CE")的学生比普通本科生年龄大些,一些已三十五岁以上,还有四十多岁的。只有几个学生和我同岁或比我年轻些,(我二十六岁)。班级里的种族比例大概是百分之七十的"有色人种"——(主要是黑人)——百分之二十的"亚裔"——(主要是中国人)——百分之十的"白人"——

(包括近来的东欧移民)。总的来说,亚裔学生比其他学生更年轻,纤细,有活力,更专心致志。人们会误以为他们是本科生,甚至是高中生;让人尴尬的是亚裔学生的英语熟练程度要好于班里土生土长的美国黑人学生,虽然英语对亚洲人来说是第二门语言,是近些年才掌握的语言。

(为什么我这么关注种族身份,肤"色"问题?——我和丈夫婚后搬到密歇根的底特律,受聘供职于州立大学,此时,我才开始注意到种族问题。执教的我肩负了像玩笑所说的"一项巨大的社会任务"——教授底特律公共学校里那些不可教化的学生。)

可我爱韦恩州立大学里我的学生!我渴望爱他们!

我想他们一定能感觉到,他们一定看到了我眼中的渴望,但很快这种渴望慢慢变成不安、警惕和恐惧,渴望就成了烦恼与受伤,可还有种坚定写在脸上,我要在你们的生命中创造出不同。请帮帮我!

是的,我也会深感耻辱,如果我的学生知道他们理想的老师一直携带枪支在韦恩州立大学执教。

班上的大龄学生几乎与我父母同龄,他们看着我,眼神里透着温柔呵护与好奇。他们对我的轻率总是报以微笑,对我说的或写在黑板上的东西总是点头称是。他们是我的拥护者:他们喜欢我!在我为数不多的白人男性学生中,有一名是警察,他在课程开始时便向我汇报,他得在课堂上携带工作用的左轮手枪,枪在他的夹克衫下，他希望永远都用不着它——永远。

这个高大的年轻人会想些什么，如果他知道他的老师麦金泰尔已经将一把（藏好的）手枪带到了课堂上，已经好几次了，一把她没取得许可证的手枪。

申请枪支许可证会将我的恐惧公布于众，而我对自己的恐惧感到羞耻。

很多学生对我示好的努力毫不在乎，他们或怀疑或憎恨地看着我，那种厌恶在我每次发放满是红批语的论文时不断增加，渐渐地，他们的厌恶成了鄙视和不耐烦——对我是谁或他们认为我是谁，都表现的无所谓。我，一位年轻的白人女性，一副神经质的快乐模样，站在他们与他们生活的下一个重要阶段之间，在他们看来，不过是一个人，一个绝非巧合的白种人。

对他们而言，教育是阶梯，课程就是梯子的梯级，他们在爬梯子，一级一级地爬，他们输不起——"失败"不起，不能白白扔掉学费。他们都是兼职的学生，希望在一些实用的科目上获得学位，如商业管理、财会、教育、护理、放射医疗及社工；从他们作文的自我介绍来看，他们都有全职的工作，大多数学生都有家庭，有"受抚养者"。

在斯特雷特大楼的走廊里，在几乎从不打扫的洗手间里，女学生们一起大笑着，有时一边笑一边尖叫——听起来让人不舒服，尤其在远处，听起来好像她们在尖叫着喊救命。有几次讲课，我听到教室外的走廊里女性突然尖叫似的笑声，我忽然有些心烦意乱，竟记不清自己在讲些什么……一种恐惧感占据了我。上帝宽恕我！我忽视了那些求救的呼声，一个女孩被强奸了，被扼死了……我却假装没听见。

油浸浸的汗在我暗黄色病恹恹的白脸上渗出来，教室里的学生带着礼貌而迷惑的眼神看着我。

很明显那尖叫只是笑声而已，而且很快平静下来，不存在任何伤害。

在所有学生写的作文中，最令人头疼的是上周交上来的，一名年轻的黑人女子写的一篇。课堂上她总是用木然的（无礼的？）眼神盯着我，好像总也无法理解我的机智与幽默。上课前，我经常看到她和她的朋友们在走廊里大笑。她叫韦奈拉，是底特律总医院的一名工作人员，想要进入一所护士学校学习——如果她的分数够高的话。我在走廊里或楼梯上遇见她时，她总是瞟我一眼，然后嘟囔着说像是嗨！女士（难以弄清的名字）——嘴角一咧硬生生挤出笑容，她的眼睛仍眯着，冷静地打量着我。韦奈拉的写作从课程开始到现在没有明显的进步。逐渐地，当其他人在课堂上大声朗读自己的文章时，她变得越来越沉闷和不耐烦——经常大声叹气，或在她巨大的手提包里乱翻，有时翻出张纸巾，擦擦她焦糖色的脸，有时翻出个满是褶皱的赛璐珞包装的小东西，像是块巧克力。可能由于课前她一直全天在医院工作——韦奈拉告诉过我，还不止一次——她竟然将下巴靠在自己的手上，悄然地打着盹儿。她是那些我想争取过来的学生之一，争取她喜欢我，可并没成功。她看上去和我年龄相仿，是个结实的、有些胖的年轻女子：头发因为太油腻而平贴在头皮上，涂着黑紫褐色的口红。她最近的一篇作文让我很不安，她描写了一个人物，她三十岁的表兄，他因杀人罪如今在斯莱特河监狱服着二十五年的有期徒刑，（那所监狱是曾经的密歇根精神病犯人庇护院——但那是很久之前的事了。）他在狱中皈依了"黑色伊斯兰教"。韦奈拉用手在便笺纸上认真而起劲地写着，像个语法学校的小学生。对我来说，她的文字既带有某种孩子气又令人觉得恐怖。"乔开始信昂宗教，我们全夹都很吃惊，他有自己的想法，他说黑色伊斯兰教是信仰，白鬼纸是我们所有黑人的敌人。乔说"战争"就要开始，在像底特律这样的城室里，这里白警茶控基反堆黑人。乔说没一个白仁值得信任，从内战以来的历史中就能知道，他们都是敌人并将受到成罚。"

像个敬业的老师，我用红圆珠笔在一些词下划出淡淡的疑问线，信昂，全夹，鬼纸，城室，警茶，控基，反堆，仁，成罚。我在作文空白处礼貌地问着"清楚了吗？""过渡？"或标示着需要更多的展开，或建议着为了清晰，能否重组下段落？我也写过"很有趣！""非常好！""再举些例子可好？"一类的批语。不得不承认的是，虽然节奈拉几乎是个文盲，但她的作义却有种未经雕琢的真实。

没什么作文话题能打动韦奈拉，直到目前写的这个。她之前写过的东西都很生硬，毫无说服力。可如今，我能在她的话语中听见无比的愤怒。终于，韦奈拉成功地写完了一篇经修改可以得C的文章。

面对很多几乎是文盲的学生，考虑到他们的自信心，我决定从这门课的开始，不给他们打具体的分数。（不去激起他们的敌意，我可能是一名新来的年轻而且天真的讲师，但我不是个傻瓜。）相反我会把较差的作文返回，用红笔略作批改，并和学生安排私下的商讨会，然后和学生逐行校对。让作者们大声朗读自己的作品是有益的，即便很辛苦。商讨会过后的文章其实是我与学生合作的成果，但我会说那是他们自己完成的。班上有固定的几个学生拿B和B+，有个中年的黑人牧师在课程结束时我很想给他A－，年轻的亚裔学生照例得着B+和A－，偶尔的A+，但至今没有黑人学生写出A－的文章，我知道他们一定非常憎恨这一点——"种族歧视"。

每个班都有不确定的一些人不交作业或是晚交作业。通常会有学生逃了几节课之后，回来上课时带着作业，带着不同程度的诚意结结巴巴地道着歉。（其中一个年龄稍大的学生，男性，乌克兰人，缺课一个月。后来他拄着拐杖返回我的课堂，他的脑袋像是刚剃过，脸也像挨了打，他懒得向我解释，只是说他头部受伤住院了一阵。）我只能不停地更改我严厉的警告：滞后的论文会得低分——我不想让那些非常努力写作，可以得 C 的学生灰心，因此每次我都搞例外化。我的权威正在减弱，像底特律人行道上成堆的正在融化的污雪。我也不想让那些缺了很多课的学生不及格，可如果按照大学里的规定，我们应该那样做。

这门作文课，我想给出些高分，特别不想给出不及格。可这学期到现在为止，全班至少四分之一的学生会得 C 以下的分数，那些经常逃课的会得 F。韦奈拉的分数在 D 和 C－之间徘徊，她总是缺席我上班时安排的作文商讨会，理由是她必须在医院工作或是家里有事。可一想到她和她作文中的仇恨，我的心就缩紧了。课堂上韦奈拉看着我，有一种假装的天真和肆无忌惮的无礼。她坐在窗边的一张桌子旁，肥胖的大腿一条搭在另一条上，穿着闪着微光的紧身裤袜和到膝的靴子。她的耳垂上的耳洞的大耳环闪闪地发着光，她的指甲也发着光，带着斑马似的条纹。她坐在个子很高，四肢颀长，名叫拉泽尔的黑人男生前面，他的脸像被什么东西烤焦了，他经常向前倾着身子，好像要呼吸韦奈尔硬硬的毫无光泽的头发。课上，拉泽尔用手戳着韦奈尔，他俩在一起嘀嘀咕咕又咯咯地笑着，这个时候，我通常选择忽略韦奈尔。

这些人不是青春期的高中生而是成年人，这里是韦恩州立大学的继续教育学院，他们不是自由艺术学院的大学生，而是"夜校"的学生——你不会想到这里的讲师竟然还要对她的成年学生强调纪律。

有时我看见——（我想我是看见了）——韦奈拉和那个年轻的黑人拉泽尔——（或和拉泽尔很像的一个人）——在操场的某处。我不得不承认，由于近视我很有可能将我学生和与他们长相相似的陌生人混淆。我不敢非常仔细地盯着学生看，好像我在强迫他们问候我，或用"友好的"微笑和我打招呼。可是我好像总能看到韦奈拉和拉泽尔，总能注意到他们的眼睛在我身上掠过，故意选择不看我，好像我是隐身的——他们焦虑的白人女讲师，带着一个令人费解的姓。

我相信他们一定等我走后便开始一起小声嘀咕并哈哈大笑起来。

我从上周二起，每晚失眠。躺在床上，在（睡着的，未察觉的）丈夫身旁，我的脑袋里萦绕着韦奈拉用她大大的、孩子气的字体描写的人物肖像，她的表兄乔——他们说他们所有的信仰都来自古兰经，那是真主安拉说的话。乔说白人的教堂不可信任因为耶稣像穆罕默德一样是个黑人。我不能判断这些因为我妈妈告诉我们在所有的种族中都有善良和邪恶。

我对韦奈拉不知名的母亲竟有种荒谬的感激！

我在斯特赖特大楼的办公室里等韦奈拉来见我。她说她会来的，在下午的晚些时候，但她到现在为止还没出现。从这学期开始算起，这至少是韦奈拉第三次爽约了。我坐在已变形了的铝制桌子前，双手按着一跳一跳微疼的前额，期待着傻笑的韦奈拉不要来。求你了求你了求你了求你了求你了。求你了不要来。没什么比一个"问题"学生不来更令人欣慰的了，你也可以比预想的早些回家。

我坐在桌旁，像一只无声无息正漏气的老轮胎一样的倦怠，没有兴奋和激动，只有慢慢地难以察觉的漏气。但我仍然年轻！我——多大了？——二十六岁……脸上带着茫然的笑，用手指甲抠着铝桌子上某个像鼻涕印似的东西，那形状像曼陀罗。

下课后的教学楼总有种浪漫的伤感——点着荧光灯的走廊，满得溢出来的垃圾桶，窗台和楼梯上的舒泰龙泡沫塑料杯；污浊空气弥漫着香烟和杀菌剂味道；人声鼎沸及楼梯上轰鸣如雷的脚步声之后的回音；如果教室里有涂鸦的话那也是下课后刚画完的涂鸦。

有时走廊里还有脚步声，压低的人语和笑声——忽然又静下来像被一只大手切断了。

斯特赖特大楼好像有个保安，如果我喊救命的话，他在几层楼之下听不见，即使我大声尖叫，他也听不见，这就是我为什么随身带着"半自动"的原因，可我从来没（至今没）开过枪。

一想到要在手包里摸索这支枪，我的身体就发热出汗。我大着胆子取出"展示"它，握在手中，"瞄准"——"射击"……

我想我永远不会那样做，我也永远不能那样做。

乔说他知道他应该懂的事。自从受监禁以来，乔成了个更聪明的人。老仁说乔在假释期被释放后，永远也不会在白人的世界里再犯错误了。

1967年的七月酷热难耐，距离那场种族暴动还有三个月，但在寒冷的四月没人能知道这些。

那把秘密的手枪：我是从另一个讲师那儿买的。这件事，我的朋友和毫无戒心的学生都不知道，甚至我的丈夫也毫不知情。

我的丈夫德鲁教过我基本的用枪知识：哪里是保险栓，如何装子弹，子弹的种类，如何清洗，（可我并不打算清洗）。如何瞄准，如何"轻轻地扣动"扳机。他让我相信使用枪支时不用真正那么熟练，我需要做的只是让威胁我的那个人知道我有枪——我是有武器的。

和我一样，德鲁也是一个附属老师，也就是说临时的，可随时更换，几乎是匿名的。他有英语硕士学位及"沟通的技能"。当然，他是白人。

德鲁说他准备离开底特律，穿过大陆去西雅图，他已放弃了在这所城市里构建生活的念头，这里像一个已经铺好，却四处漏沙的大型停车场，脚下的沙子好像随时都可能塌陷，将你吸入地狱。

如果我走到卡斯大街,横穿马路,直奔停车场,那么有可能——嗯,很有可能——在停车场里或它附近会遇见人——另一位系里的同事,那么我们就会是两个人,可只有一个他。

他的脸和我的一样,因惊慌而发白。安静地躺在他破旧的,紧贴着心脏的兜里,或藏在他的肩包或手提包里,是否有和我一样的秘密武器?

可能没有,也可能有。

我敢把它拿出来吗?我敢——拿起,瞄准,用我颤抖的手指扣动扳机吗?向另一个人射击,即使是出于自我防卫?

德鲁说,你甚至不用瞄准,掏出枪来就行,向天空射击,胡乱射击,然后尖叫,只要能证实自己不是软弱无助、不能自卫就行。

现在我发疯地想:我会做到的!我足够坚强!

我向右转,走上卡斯大街,只见一面满是涂鸦的六英尺水泥墙,那墙从秋季学期的一开始便吸引了我:破败的墙上,是一堆乱糟糟的即兴涂画,像是米罗、克勒或毕加索的艺术作品——虽没有这些艺术大家笔下的自然质朴,但风格很相似。我试着打听过这些醒目的涂鸦出自何人之手,可没人知道,连我的问题也遭遇了戏虐和鄙视的眼神——对不起，不知道！你说的那些东西对我们来说都一样——很丑。

很快，因为心无旁骛，我教授英语补习班的责任心变成了某种痴迷，于此同时，我很想写一篇关于涂鸦的鉴赏性的文章，并配上"艺术"照片。我承认自己幻想着以这种论文给人们留下深刻印象，并期待发表在一本文学杂志上，可能会引起那位涂鸦的（白人）（女）作者，不知名的艺术家的注意……但数月过去了，涂鸦开始退色，融入到城市校园的破败景色中，而那位艺术家没再光顾那堵墙。我想对他抗议说——可是你真的很特别，你不应该匿名的。

他会继续匿名的，也可能他如今已不在人世了。

据说底特律黑人年轻男子的寿命是白人同龄人的九倍，囚禁的概率也是如此，甚至更高。

来到卡斯大街，我尽量飞快地横穿过这条宽阔的、刮着风的街道，我没有像傻瓜一样忽然跑起来，扭到脚踝骨。街上的交通缓慢，公共汽车和卡车喷着柴油尾气，此时多数人行道仍寥落无人，环绕在破旧的校园边上。

无论在我身后的那个人是谁，正加快着脚步，穿过了卡斯大街，迎着灯光，迈着大步地走着。

我平静地想：这只是个巧合，这个人并没有真正跟踪我。

我平静地想：他不可能知道我带着武器，一旦我掏出它，不管用什么样的方式掏出来，他都会消失的。

我确信我不必开枪，我不必杀人。

但我的心跳加快了，我几乎不能呼吸了。

不要慌乱，这是此时此地合理的想法。

我的衣服底下出着汗，我还穿着冬衣——深红色长款大衣带着帽子，黑色羊绒裤子和线织的手套。三月里有好几周温度像是冻住了——表上读数——华氏三十二度，只是空气很勉强的暖了些。

最近一次被跟踪也是在我离开校园的时候，无论是谁在跟踪我都像是泄气了。在卡斯大街上，一台公交车呼哧呼哧地停下，卸下一堆乘客，我就混在里面，像一只笨拙的大白鹅混在一群黑羽毛的加拿大天鹅里——真是长吁一口气！我几乎笑出声来，得意洋洋，回头一瞥，那个（黑人，男性）人影好像消失了。

警察将底特律百分之九十的抢劫、强奸，甚至杀人都归为有机可乘，意思是受害者恰巧在错误的时间出现在错误的地点——运气不好，不是针对个人的。

但今晚没有公交车，至少没公车要停靠，人行道上除了我一个人也没有，我苍白的脸像剥掉了壳的软体动物般显眼。

白鬼子。黑人的敌人。

我丈夫曾说过，你不必去那里教书，你甚至根本不用去教书。

那是真的，我丈夫有一份好工作能够养活我们两个。在他心里有种深藏的老派的骄傲——你是我的妻子。一个男人不应该让自己的妻子在有辱身份或危险的环境下工作。

韦恩州是个高犯罪率的地区，我丈夫这样说，他的本意是好心而不是恐吓。

高犯罪率地区一词经常出现在媒体界面上，在底特律及其周边地区和东部海岸富人区一样，都是常见报端的高频词。

黑人和白人中携带武器者的比率是多少呢？

近来有新闻报道称底特律的每位公民至少持有两把枪，可报道又说那是枪支登记处杜撰出的数字，更多的"枪"并没有登记因为它们属于非法购买，并且很多持枪者不满二十一岁。

底特律城区的罪犯者中"黑人占大部分"——但该城的受害者中同样是"黑人占大部分"。白人公民已逃往或正逃往"白人的郊区"。

但我们还没逃，我们很固执或太天真，我们还没作好改变的准备。

那个（黑人，男性）身影就在我身后大约二十英尺的距离，他并没有向我逼近——他跑过马路后就放慢了脚步，我能听到些什么——口哨声？哼歌声？他在细声细语地唱歌吗？

他黑皮肤、年轻、苗条，急躁得像个拳击手，可相对于他的体重他个子太高，胳膊和腿太长，不适合做拳击手。他没穿夹克衫，赤裸着满是肌肉的胳膊，劳动布的帽子压得低低的，遮住了他的前额。

他是个陌生人——我认为，他不是我认识的人。

也不是认识我的人。

我们离开卡斯大街朝东走去，上了一条很短很窄的马路。很快天空看上去已近黄昏——红蒙蒙的天空变暗了。我别扭地走得很快，像那些自认为被跟踪，却又不想让跟踪者察觉的人——脑袋稍微低垂，双肩僵直，两臂紧紧贴着身体两侧。我的肾上腺激素像热酸般激升，血管开始充血，我感到一阵病态的欢欣——我想忽然跑起来，可我知道那是个错误。那么他会知道，这是我们间的共识。

我感觉自己是个（孤单的，白种）女人，很暴露，易受攻击。我还安慰着自己——他是个学生，他在上大学，他并不想伤害我。

如果现在我的丈夫看到我的话，他一定会责备我——为什么你在那座楼里待那么久？你想等谁？

愤怒地责备我——你想证明什么？你不需要婚姻？你不需要我？

前面是个停车场，有五层，几乎是空的，我的车停在第三层。我不能走进去，里面漆黑一片。惊慌中我在想——我是不是该跑？可往哪儿跑呢？

我该不该在肩包里乱翻一气,把它拿出来——一把非法的,吓人的手枪?

我在想一旦这样做,我便无路可退,我所有的秘密都将显露。如果我"开枪"——我的生活将不可逆转地改变。

我知道这些,一切都不可逃避。

我喘着气,出着汗,耳朵里像大瀑布般轰鸣。

然而,我做了个决定:我要直接面对那个一直折磨我的人,我紧握着肩包,如果需要我随时可以伸手摸枪,如果需要,我决不犹豫。

我抖得厉害,但我的声音比我预想的坚强。我说,"对不起!你是——你是——要什么东西吗?"

我的问题好像让那个男人大吃一惊。

"夫人,你说什么?"

他不知道我有多疯狂,不知道我肩包里带着什么,我不是他一直认为的那种人,无论他一直想些什么,他绝对没想到我会转身和他面对面。

当然,我很紧张,我尽量不结结巴巴的。

"我在问——你是不是在跟踪我?你为什么跟踪我?"

"夫人!我没跟踪任何人。"

他的眼中充满了谨慎,那是双大大的,半张半闭的眼睛,有种困惑在里面。他的嘴唇抿着,露出小心翼翼的笑。

"但我想你现在,而且一直在——跟踪我,你一直在跟踪我,自从……"

如今我可以看清这个男人的脸了,我认出他是我之前的一个学生,我在韦恩州立大学第一学期的学生,但不知道他是否记得我。

他的名字是——以斯拉?伊西杰?他的姓,我没记住。

伊西杰是我学生中第一批的"不幸者"——韦恩州立大学里我课堂上第一个消失的,连解释都没有的学生。

因为伊西杰无故逃课,我不得不给他 F 的分数,如果他要求的话,我可以给他个 I ("未完成")的分数,但他没有。他的课堂出勤是零星的,不定的。上课时,他坐在蒸汽散热器旁,几乎不停地,令人发狂地在椅子上扭来扭去。他的腿对于桌子来说太长了,他的头抬着,摆了个奇怪的角度。在我的声音之外,他好像又听到了另一个声音,一个更重要的内心声音或一个迷人的内心乐声。他的脸因为常常皱眉,做苦脸而堆积了很多皱纹,他也有笑的时候,但不是冲我。他怪异的行为没有让其他更服从的学生觉到不舒服,除了偶尔发呆外,他对我从不构成任何威胁,或者说对任何人都是。我不太敢提问他,有几次他举起手回答我的问题,带着一副小学生的模样。

事实上,当伊西杰从我的课堂消失时,我感到了些许的失落,对一名老师来说,没什么斥责比得上教室里一张空荡荡的,被遗弃的书桌了，没有比这个更明显的失败了。

现在，我犹豫地说出了伊西杰的名字，很怕自己说错了，我不想冒犯他，将他的名字与另一个（黑人，男性）学生混淆。

伊西杰使劲地将手深插进兜，好像强迫我去看他不存在一点威胁。我在想——他的裤子很紧，没地方放手枪，但可能有地方放一把细长的小刀或剃刀。

这个帅气的年轻黑人男子迷惑而慢吞吞拉长调子说话，好像带着无礼："夫——人？也许我在跟着你，看一看是不是你。"他大声地笑了笑，"想着应该是你，麦克泰尔女士。"

他记住了我的名字，他记住了我。

可直到现在，我不清楚他是否真的知道我是谁，和我一样，他也不记得了，他嘀咕出我的名字，好像说清楚了就表明我们之间有某种令人尴尬的亲密一样。

我们站在临近停车场前门的人行横道上，中间不超过十英尺，我感到很不舒服，几乎说不出话，更不用说调整面部表情——认出伊西杰时，我是该笑？还是该长吁一口气？是该像之前一样谨小慎微？还是该害怕？

伊西杰从兜里掏出手，摸了摸自己胡子拉碴的下巴，这时我才注意到他长了胡子，山羊胡子，（伊西杰在我课堂时没有胡子，不是吗？我确信他没有）。他想表现出完全可以控制局面的样子，但他对我的突然转身还是十分吃惊——独自一人的白种女人，在这样偏僻的地方转向他，挑战他，是他无论如何也想不到的。

他盯着我的肩包看，我想我注意到了，他盯着我又大又鼓的假皮包看个不停，其实里面只装了一本硬皮的教科书和学生论文，还有钥匙和钱包，钱和信用卡，没有多少钱，但伊西杰不知道。

还有那只沉甸甸的小手枪，伊西杰不知道。

我的大脑飞快地转着——伊西杰一定盘算着跟我进车库，很明显他没有理由进车库，然后再告诉我他一直故意跟踪我。他一直跟踪着一个独行的女人，一直没认出那是他之前的老师。他带着什么目的呢？

向我咧嘴灿烂的一笑，好像我们只是在人行道上巧遇一样：伊西杰问："您来这儿做什么呢，夫人？教课？"

我简短地告诉他是的，并轻轻地笑了一下是的。

伊西杰比我记忆中年龄大些，可能三十出头了。在这么清冷的天气，他只穿着一件脏了的灰色运动衫，袖子在肩膀处被粗略地剪掉了，展示着他肌肉结实的双臂？我能看见他二头肌的血管和他前额上的血管。他好像在出汗：慢慢渗出的汗珠，像是嗑过药的兴奋。他吸毒了吗？他神志不清吗？我浑身一阵恐惧，伊西杰的手仍在裤兜里……他在摸刀刃，是不是？——或者偷偷地，摸一下生殖器的边。他在自慰吗？公然在我面前挑衅？

我止盯着伊西杰的脸，（坚定地）不再看他在裤兜里慢慢移动的手。但恐惧袭击了我，很明显伊西杰有一把刀，在底特律的内城区伊西杰不可能不带着武器防卫自己。如果他有刀的话，他的食指一定在刀刃上抚摸着，估量着它的锋利度。他一定在想如何用刀片，如何用双手（当然）抓住我的头发，拽着我向前走，然后让我跪下，双膝跪下，他会敏捷地将我摆好姿势，然后他会用刀刃迅速地割过我的喉咙，用足够的劲儿把皮、组织、软骨、静脉和跳动的颈动脉统统割开——这不会是骇人的屠杀——（我想）——却像一场处决，很快很敏捷地处决。据我所知，这一切都已计划好，处决已完成，这已然成了记忆。

那个倒下的女人，忽然无力地，也无所谓地躺在肮脏的人行道上；恐惧的双眼变得茫然；嘴巴大张着，却发不出声——她哑了，不会说话；很可能她想用手指紧紧压住自己的喉咙——压住喷涌鲜血的动脉，可她仍在几分钟之内就会失血而死。这一切即将发生，现在是预言，在那颗向后甩开的头下面，是一大摊血。

即使我带着枪，这一切也可能发生在我身上。我不可能把枪从肩包里取出，后退，然后射击——伊西杰头脑敏捷，他很可能非常会用刀。

我听见自己麻木地说着："是的，我仍教着同样的课——写作。在同一所教学楼，我想是同一个教室，也还是周二和周四。"

伊西杰一直全神贯注地盯着我，好像看我脸上我没注意的什么东西，像是没听见我说这些，他嘀咕了一句嗯——是吗？——

嗯-嗯！好的夫——人！

是的，此时一个奇怪的想法闪现在我的脑海里，如果管这个人叫兄弟会怎样呢？

伊西杰，我的兄弟，伊西杰——那是你的名字吗？

好像感觉到我的恐惧，伊西杰开始快速地说话，咧嘴露齿一笑，他想向我解释些什么——却不能连贯，他这样说话是平息恐惧的一种方式，就像个大人要和一个害怕的孩子说话，走近孩子时，发现孩子身后或口袋里藏着个东西。我下意识地向后退了退，我们之间像有了正常谈话的契机，一次友好的谈话，我可以不费力地理解他的意思。我点着头，笑着，像老师始终和学生正常相处的样子——给予同情或给予鼓励。这里一位（女性，白种）老师和一名（男性，黑人）学生站在校园操场边，这是一所肩负着教化民众的不断扩张的大学。可是，这里有种颠倒，一个不言而喻的侮辱：老师比学生年轻。这是个错误，不合理，这也许就是"种族主义"，但一切又不可避免。我不会为我是谁道歉，如同不会为大量造就我的成长环境道歉，不会为我（显眼的）肤色道歉。伊西杰的话让我回想起他上的最后一节课后，他告诉我他不得不进去一段时间，可能不能完成这门课了。他害羞地压低了声音，我几乎听不见他的话，周围其他的人也一样。当时我并不知道他说话的意思，但后来听一个夜校同事惊讶地说起，一个学生竟然在斯特赖特大楼的教室里被捕，被两个穿警服的警察拷着手铐带走了，我才明白伊西杰所说的进去的意思，某种委婉的说法，一所"监狱"——他去的地方，用底特律熟悉的用语说，就是"受监禁"。

没人去蹲监狱。犯人是受监禁。

无论伊西杰是什么罪，不太可能是重罪，或者他获准申诉了轻一点的罪行，他的刑期也不可能很长。（伊西杰是在假释期吗？或是发生了什么事，他被释放了？）因为伊西杰如今正站在我面前，他以前的英语老师面前，微笑着，得意地笑着，不清楚他要告诉我些什么，或者他的意图是什么。

他还在裤兜里摸索着刀子的轮廓。他没带枪，裤子里没有足够的地方装下哪怕是小小的一把枪。他没摸自己的生殖器——我确信，那是刀子的刀刃，在他的腹股沟的左上侧。一把细长的刀会适合那儿，手枪不行。他蓝色的低垂的眼睛半睁半闭着，厚厚的嘴唇上挂着梦幻般的笑容。他想象着：那迅速的深深的一刀，鲜血喷溅，那不是"白色的"血，而是黑色的，令人心驰的血。我用很平静友好的声音问伊西杰这学期是否继续在韦恩州立大学上课，他令人费解地耸耸肩——也许上，也许不上。（我想这个问题恭维了他，这也是他始料未及的，使他迅速地重新估量眼下的局面——以及他自己。）

头顶上，天空被染上红色的斑纹，像云彩间起了摩擦后留下的纹路。空气中弥漫着化学品和柴油尾气的味道。我一直在想我该不该夸一下他满是肌肉的双臂——你一直在健身吗，伊西杰？在健身房？但想到这个问题会使我们显得很熟悉亲密，也许伊西杰会说他在监狱时一直健身。

也就是说，一所监狱。

我也许会盲目而大胆地问——是斯雷特监狱吗？你认识其中的一个犯人吗？大约你的年龄，一个黑人穆斯林，他的名字是——乔？这学期我的一个学生的表兄……

伊西杰的蓝色的梦幻般低垂的眼睛慢慢地眨着。他很敏锐地扫视了周围，街上没人，车库里也没人，但在半条街以外的卡斯有车流。现在，街灯像勉强似的亮了。随时都会有底特律的巡逻警车转到这条窄窄的侧道上来，在我们身边缓缓开过。随时都会有两名（白人）警察在挡风玻璃后开着巡逻车。在底特律我感觉自己不止一次在相似的说不清的场景获救，空荡荡的延伸的人行道，在我身后单个的人或几个青少年忽然安静了，然后——一辆巡逻警车……虽然之后向朋友或同事复述这段经历——（从没对我丈夫讲过！）——我总是轻描淡写我当时失魂落魄后的如释重负，嘲笑自己的胆小。

好像他已做出了决定，好像（可能）他非常了解所有在我头脑里闪现的东西，伊西杰用一种奇怪的，升高了的语调说，好像希望被他人听到一样，"夫人，我和你一起走，你看上去好像需要个人陪着。"

他把手从口袋里拿出来,像个不成熟的男孩一样,他整了整帽子让它更稳妥些。

和我一起走——去哪儿?

很快我告诉伊西杰我要去图书馆,去和我丈夫碰面,我根本不想去停车场。

伊西杰听到这个笑了,他被逗笑了,他知道我有些抓狂开始编胡话。这种胡话对他来说很自然,他钦佩我身上的这点。

我告诉伊西杰我不需要他与我同行。我感谢了伊西杰并再次重复,我不需要他与我同行。

伊西杰愉快地皱了下眉,摇了摇头。"夫人,事实上,我也要去图书馆。那是我要去的地方,我们可以一起走。"

"但是——"

"夫人,我们要去那儿。过了那条路,是不是?"

于是有人为我做了决定:我不用在我的肩包乱摸一气了。我不用以我颤抖的(白色的)手掏出的手枪了,我不用(盲目地)向惊恐地注视着伊西杰开枪了,我不用再跨入另一种生活了。

我如释重负——不是吗?我说不出话。

我沉默着向学校图书馆的方向走去,和我以前的学生一起。我们两个谁都没向彼此显露什么,暴露什么。现在我看到了这个短小的,漆黑的街区的名字:坦布尔。伊西杰在保护着我,甚至有些责怪——"夫人,走这条街时,最好小心些。"像很自然的样子，伊西杰竟抓起了我的胳膊——他粗壮的手指扣住了我的胳膊，肘部以上。这一姿势好像是未经考虑的，不针对某个人的，但我却汗如雨下，甚至担心会闻到自己的体味。

"夫人，小心地上那些他妈的大坑……"

他妈的，他粗鲁地轻轻一推我。伊西杰对他以前的老师说着话，既带着关心也带着两性间的轻浮。

一过卡斯大街我们就走向了那个快废弃了的操场。我们是奇怪的一对——你会好奇地看着我们，也许你会在背后盯着我们看——他们是谁？不是情侣——是不是？其中的一个会不会伤害另一个？谋杀？我们经过了一面满是涂鸦的墙，但那是一般的，毫无生气的涂鸦——不是我想让伊西杰注意的涂鸦。路过一排黑漆漆的木制房屋，那是附近居民的残存物，修复好了，加上了"现代"建筑的正面——操场办公楼。第三世界中心。心理咨询室。非裔美国人之家。

高高的弧形灯将操场的中心照亮，这里还没有完全废弃。伊西杰说他每晚这个时候都"去图书馆"。伊西杰坚持护送我走进那个冰冷的花岗岩的房子里，上了台阶，走了进去，一股暖风吹来，一名保安坐在验证口检查着身份证。到了这儿，伊西杰停住了，我也犹豫了。

保安是个中年黑人男子。他穿着制服，好像还带着只枪和枪套。"夫人？"他说。"你进图书馆？"他认出我是大学里的人——

研究生,年纪轻轻的教师。他注意到了却没向我身后几英尺的伊西杰瞧上一眼。

我焦躁不安,虽然尽力保持平静,我的嘴唇颤抖着,眼睛睁得大大的,苍白皮肤又湿又粘。两只手笨拙地抓着那只皮包。我需要从包里取出钱包,需要抓狂地在包里乱翻找到钱包,因为包里有其他东西,在小的夹层里,一只笨重的小手枪就是秘密,没人知道;从钱包里我需要抽出一种贴着塑料膜的身份证,上面有我苍白的缩小的脸,但是这些复杂的程序对我来说一时应付不了。我几乎听不见保安的声音,因为耳朵里有巨大的耳鸣。

"夫人?出了什么事?"

出了什么事?一开始这个问题使我迷惑。

"不,我要在这和我的丈夫碰面。里面——这里。"

我的声音是断续的,我的喉咙干涩。那个皱着眉的严肃保安用手窝住耳朵去听那几乎听不见的满是负罪感的回答。

这时我转身,伊西杰已经不见了。好像他从未出现过一样。